Sina Blackwood

AF205828

Die Sagenerzählerin

Bibliografische Informationen der Deutschen Nationalbibliothek:
Die Deutsche Nationalbibliothek verzeichnet diese Publikation in der Deutschen Nationalbibliografie; detaillierte bibliografische Daten sind im Internet über http://dnb.de abrufbar.

Coverbild: Adobe Stock 229272883 – Krähe beim Vollmond © Thaut Images

Umschlaggestaltung: Sina Blackwood
Layout: Sina Blackwood

Die Personen und Namen in diesem Buch sind frei erfunden. Ähnlichkeiten mit heute lebenden Personen sind rein zufällig und nicht beabsichtigt.

Herstellung und Verlag:
BoD – Books on Demand, Norderstedt
ISBN: 9783748158141

Das Aufbegehren

Der durchdringende Schnarchton war das eine, als Bennos Kopf langsam nach vorn sank – aber noch mehr widerte Rosalie der Speichelfaden an, welcher ihm aus dem Mund troff und zwischen seinen Schenkeln auf dem Sessel landete. Wochenende für Wochenende der gleiche Anblick. Benno pennend vorm Fernseher, welcher ununterbrochen lief und das typische Hartz IV-Programm aus sinnlosem Talk, Realitysoaps und Werbemüll abspulte.

Rosalie flüchtete sich schon seit zwei Jahren in ihre eigenen fantastischen Welten, um nicht völlig zu verdummen oder gar am Leben zu verzweifeln. Und niemand konnte spannendere Geschichten erzählen.

Es war einmal ein kleiner Drache, der sich ... Rosalie seufzte. Wie gern wäre sie jetzt auf einem großen Drachen in ein Abenteuer geflogen! Stattdessen putzte sie den mit Bier bekleckerten Fußboden der Küche. Sekunden später klirrte es hinter ihr, worauf sich der Inhalt einer ganzen Flasche, gemischt mit einem braunen Scherbenregen, auf den soeben gewischten Arealen verteilte.

Rosalie schloss für einen Moment die Augen, atmete sehr tief durch, dann begann sie, eine ganze Rolle Küchentücher auf dem Boden auszubreiten, und, als sie diese völlig durchtränkt einsammelte, gleich den Großteil der Glassplitter mit aufzunehmen. Sie hatte keine Lust, sich schon wieder einen Handfeger völlig zu ruinieren.

Am liebsten würde ich den ganzen Dreck hinwerfen und auswandern, rumorte es in ihrem Kopf. *Nach Ligurien, in irgendein Tal, in den hintersten Winkel, weit weg von Menschen und deren Gleichgültigkeit.*

Sie entsorgte die Tücher in der Mülltonne und wischte erneut die Küche. Ein Blick auf die Uhr trieb sie zur Eile, wenn das Mittagessen – Gulasch mit Waldpilzen – pünktlich fertig sein sollte.

Während sie Töpfe und Pfannen bereitstellte, schlich sich ein Grinsen in ihr Gesicht. Irgendwo hatte sie eine Zeichnung gesehen, die eine alte Frau mit langem Kleid und spitzem Hut darstellte und darunter stand: Siebenfache Witwe sucht neuen Partner. Hobbys: Pilzesuchen und Kochen. *Und wenn er seine Pilze nicht isst, wird er eben mit der Pfanne erschlagen,* fügte Rosalie schmunzelnd hinzu.

Mit bissiger Ironie ließ sich das Leben viel leichter ertragen. *Die ist sicher auch an solche Exemplare geraten, die ihr das Leben schwer gemacht haben,* grübelte Rosalie weiter, während sie immer wieder umrührte.

Vorsatz konnte man einer so alten Dame ja fast nicht vorwerfen, eher einen Unfall beim Kochen. Ab einem gewissen Alter der Herren fiel es wohl auch kaum auf, wenn sie plötzlich sanft entschliefen und kein Aas würde sich darum scheren, was es als letzte Mahlzeit gegeben hatte.

Erst nach einer ganzen Weile merkte Rosalie, dass sie, statt sich abzulenken, über ihr eigenes Dilemma nachdachte. „Soll wohl so sein", seufzte sie, die Teller füllend.

Beim Essen pickte sie zuerst die Stücke der Hexenröhrlinge heraus, die der Soße wunderbaren Geschmack und eine dunkle Farbe gaben. Viele Leute scheuten sich, die Pilze mit dem markanten roten Futter und rötlich angehauchten Stiel zu sammeln. Sehr helle Exemplare konnten einem giftigen Satanspilz aber auch wirklich verdammt ähnlichsehen und Rosalie hatte hin und wieder welche stehen lassen, weil auch sie sich nicht ganz sicher gewesen war.

„Wir sollten nochmal in den Wald gehen", erklärte sie. „Vielleicht finden wir genug, um einen ordentlichen Vorrat für die nächsten Monate anzulegen."

Benno brummte irgendwas als Antwort, das nicht so klang, als wolle er dabei sein.

„Wie wäre es, wenn du deinen Hintern einfach mal aus dem Haus bewegst, ohne Bier kaufen zu wollen?", fragte sie mit zusammengezogenen Augenbrauen. „Langsam geht mir dein Genörgel ernsthaft auf den Keks. Ich will dies nicht, ich will das nicht und jenes schon gar nicht! Interessiert es irgendjemanden, was ich ich nicht will?!"

Sie räumte mit finsterem Gesicht den Tisch ab, während ihr Benno in einer seltsamen Mischung aus Erstaunen und Unverständnis hinterherschaute. Es entzog sich ihm völlig, warum Rosalie plötzlich so mürrisch reagierte. Seine Welt war in Ordnung. Also musste es ihre auch sein. Punkt.

Auch dann, als er am Nachmittag seinen Kaffee lieber auf dem Balkon trinken wollte, um dabei rauchen zu können, und auf dem Weg nach draußen schon wieder eine Kleckerspur quer durch die ganze Küche zog.

„Mach doch die Klappe auf, wenn du es nicht selber auf die Reihe kriegst!", schnaufte Rosalie zornig, erneut nach dem Wischlappen fassend.

„Du nervst", maulte Benno, zog die Tür zu und begann seelenruhig zu qualmen, als sei gar nichts geschehen.

„Ach ja?", murmelte Rosalie sarkastisch. „Fragt sich nur, wer wem mehr auf die Ketten geht." Sie warf den Lappen in den Eimer, welchen sie einfach mitten im Raum stehenließ, setzte sich auf das Sofa, schwenkte die Beine hoch, nahm ihren Laptop, die

Kopfhörer und schaute sich den langen Rest des Samstags eine DVD nach der anderen an. Bennos Gegrummel hörte und seine mürrische Miene sah sie nicht. Das heißt, sie hörte und sah schon, nur ignorierte sie es völlig.

Benno suchte sich schließlich sein Abendbrot im Kühlschrank zusammen, ging zeitig zu Bett, weil er es nicht fassen konnte, warum sein Weltbild einen gewaltigen Riss bekommen hatte.

Rosalie kroch gegen Mitternacht unter ihre Decke, nachdem sie den immer noch am selben Fleck herumstehen Wischeimer geleert und weggeräumt hatte. Benno hätte sich um nichts in der Welt die Hände schmutzig gemacht. Sie hörte die Turmuhr der Kirche noch die zwölfte Stunde schlagen, wunderte sich, als es für den Bruchteil eines Augenblicks hell vor dem Fenster wurde, als habe der Nachbar auf der anderen Straßenseite versehentlich sein Autolicht voll aufgeblendet, und glitt endlich ins Land der Träume hinüber.

Sie merkte nicht, wie unruhig sie sich herumwarf, weil sie ständig jemanden ihren Namen flüstern hörte. Als sie im Morgengrauen erwachte, war sie schweißgebadet und körperlich fertig wie nach einem Marathonlauf. Benno drehte sich soeben mit einem durchdringenden Schnarchen um.

Na fantastisch, wenn der Sonntag so beginnt, dachte sie traurig und quälte sich aus dem Bett. Das Wetter war launisch, genau wie Benno, der Rosalie innerlich fast zur Weißglut trieb. Diesmal landete das halbe Mittagessen auf Teppich und Hose, weil Benno nebenbei unbedingt fernsehen musste und alles, statt auf die Gabel, über den Tellerrand schob.

„Soll ich dir ein Lätzchen bringen oder willst du gleich gefüttert werden?", fragte Rosalie spitz. „Die nächste Stufe sind dann vielleicht Windeln, weil du zu faul bist, auf den Topf zu gehen."

Benno fiel vor Schreck das Besteck aus der Hand. Das Messer knallte auf den Teller, hebelte eine Kartoffel aus, die wie eine kleine Kanonenkugel durch den Raum raste und eine perfekte Landung an der Mattscheibe des Fernsehapparates hinlegte. Natürlich völlig zermatscht. Wobei die Bratensoße dem Gerät unübersehbare Sommersprossen verpasste.

Rosalie brach in schallendes Gelächter aus. Die ganze Situation war so grotesk, dass sie nicht einmal wütend werden konnte. „Männer sind eben nicht multitastingfähig", war ihr einziger Kommentar, ehe sie aus dem Wohnzimmer ging und den völlig geschockten Benno ratlos zurückließ.

Der merkte schnell, dass er selber Kartoffelreste und Soßenspritzer beseitigen musste, wollte er seine spannende Sendung in der Flimmerkiste weiter verfolgen. Also flugs das Schnupftuch aus der Hosentasche gezogen und frisch über den Bildschirm gewischt! Nur hatte er die Rechnung ohne die langsam eintrocknenden Reste gemacht – die zogen eine schmierige Spur, die das Fernsehbild erst recht verdeckte. Benno rieb etwas fester. Ohne Erfolg. Er konnte froh sein, dass es noch ein altmodischer Fernseher mit Bildröhre war. Ein moderner Flachbildschirm hätte womöglich einen Totalschaden erlitten.

Genervt, nicht mehr viel zu sehen und zu stolz, um Hilfe zu bitten, schaltete Benno schließlich aus und zog sich fluchend in sein Bett zurück, um die Welt durch Abwesenheit zu strafen.

Kaum war Benno verschwunden, betrat Rosalie das Schlachtfeld im Wohnzimmer und begann erneut zu kichern. Sie stellte sich vor, was wohl geschähe, zöge Benno das verschmierte Taschentuch, um sich die Nase zu putzen. Denn, da es nicht in der Wäschetruhe lag, konnte er es nur wieder eingesteckt haben.

Mit verschränkten Armen betrachtete sie die übel dekorierte Mattscheibe, grinste breit und meinte: „Mit ein paar Fäden Rotkohl ginge es glatt als moderne Kunst durch. Na, dann wollen wir mal putzen."

Unter *wir* verstand sie sich, ein Leinentuch und eine Sprühflasche mit Reiniger für Glas und Kunststoffflächen. Ein Trio, das unschlagbar war, wenn es darum ging, in kürzester Zeit Bennos Verwüstungen in allen Teilen der Wohnung spurlos zu beseitigen.

Auf ein Wort des Dankes brauchte sie nicht zu hoffen und sie bekam es auch nicht. Irgendwann tauchte Benno wieder auf, fläzte sich in seinen Sessel und schaute fern.

Nach dem Taschentuch zu fragen, verkniff sich Rosalie. Benno war alt genug, um zu wissen, wohin es nach Benutzung gehörte, besonders dann, wenn diese zweckentfremdend gewesen war. Auch ein Punkt, an dem sie ihn schon oft ohne Rückfahrkarte hätte auf den Mond schießen wollen. Er wischte alles mit allem ab, was er gerade in die Hände bekam.

Statt ein Spültuch zu nehmen, wischte er eben Kaffeepfützen mit dem Taschen- oder einem Geschirrtuch weg. Wobei er das Letztere einfach wieder an den Haken hängte, genau wie er das Taschentuch wieder einsteckte und irgendwann die Flecke gar nicht mehr aus dem Stoff herausgingen.

„Scheißspiel", murmelte Rosalie betrübt. Denn davon gab es schon unzählige und sie hatte irgendwann den Versuch aufgegeben, wenigstens ein paar Tücher *für gut* zu verstecken.

Ob Zufall oder nicht, in den folgenden Tagen kam sich Rosalie wie eine Putzfrau im Heim für schizophrene Idioten vor. Mal klebte der Drehteller der Mikrowelle, mal die Wachstuchdecke auf dem Küchentisch. Vom Fußboden und den Türklinken ganz zu schweigen.

„Mach so weiter und ich ziehe aus!", fuhr sie ihn unwirsch an, als er mit schmutzigen Straßenschuhen nicht nur durch den frisch gewischten Flur, sondern auch gleich noch durch die ganze Küche lief.

„Dein Genörgel kotzt mich an!", maulte Benno zurück, seine Treter wütend vor den Schuhschrank schleudernd, wo sich der langsam trocknende Schlamm von den Sohlen löste und als körniger brauner Regen an Möbeln und auf dem Teppich niederging.

Rosalie holte den Staubsauger und beseitigte unter geradezu mörderischen Blicken von Benno, der dieses Motorengeräusch hasste, das angerichtete Chaos. „Weißt du eigentlich, wozu die Fußmatte vor der Tür liegt?", fragte sie aggressiv, sich die Schuhe von nahem betrachtend. *Nein, ich werde sie nicht putzen,* kommentierte ihre innere Stimme und sie stellte die Schuhe wieder genau da hin, wo sie nach dem Wurf gelandet waren.

Benno hatte sich schlecht gelaunt auf den Balkon verzogen, rauchte und grübelte, was wohl der Grund sein mochte, aus dem Rosalie derart mürrisch war. So sehr er sich auch anstrengte, er fand ihn nicht. Vielleicht lag es ja daran, dass sie in den letzten Wochen nachts schlecht geschlafen hatte. Damit war für ihn das Thema beendet.

Rosalie hatte wirklich nicht viel geschlafen. Kaum schloss sie die Augen, begann das Flüstern und Raunen, jemand hauchte ihren Namen, sie sah Bilder, wachte auf – und vergaß im selben Moment, was sie geträumt hatte. Und mit jedem neuen Morgen wurde ihr Bennos Verhalten gleichgültiger. Wenn er versiffen wollte, dann sollte er es tun. Sie nutzte jede Gelegenheit, von zu Hause zu verschwinden, um nicht ständig hinter ihm her putzen zu müssen.

Für den nächsten Samstag nahm sie sich vor, ihren Plan, Pilze sammeln zu gehen, endlich in die Tat umzusetzen. Es war sonniges Frühherbstwetter, das sich färbende Laub begann sich von den Zweigen zu lösen und sie freute sich auf die Stunden in der Natur. Sie zog ihre alte Jeans an, die wasserfesten

Trekkingschuhe, eine winddichte, wärmende Jacke und zog mit Taschenmesser und Beuteln bewaffnet los, als die Sonne gerade aufgegangen war. Das heißt, sie fuhr mit dem Auto die paar Kilometer bis zum Waldrand, wo sie es auf einem öffentlichen Parkplatz abstellte. Sie überquerte die Straße, dann trabte sie, den Blick ein paar Meter vor sich auf den Boden gerichtet, querfeldein.

Der erste Pilz ließ auch nicht lange auf sich warten. Rosalie drehte den Maronenröhrling vorsichtig aus dem Boden, putzte an Ort und Stelle seinen Stiel, ehe sie ihn mit einem zufriedenen Lächeln in ihren großen Stoffbeutel gleiten ließ. Festes Fleisch, keine Maden, keine Schnecken und auch keine Bissspuren anderer Tiere – so konnte das gern weitergehen.

Es folgte ein Hexenring voller Ziegenlippen, dann einer mit Maronen. Rosalies Beutel füllte sich, wurde unhandlich und schwer, sodass sie beschloss, ihn zum Auto zu bringen, um unbeschwert weitersuchen zu können. Vorher wollte sie aber noch ihre Lieblingsstelle der Hexenpilze aufsuchen, damit ihr niemand die Leckerbissen vor der Nase wegnahm.

Sie wechselte erneut die Straßenseite, dann musste sie ziemlich lange suchen, ehe sie einen mickrigen Pilz fand, der nicht wie frisch gewachsen, sondern uralt, wie geschrumpft, aussah.

„Du hast vor mir Ruhe", flüsterte sie. „Aber wo sind deine Freunde versteckt?" Ihn stehen lassend, spähte sie sich um und bekam große Augen. Dutzende Pilze, die alle in Ringen wuchsen, zogen sich bis zum Hang des nahen Hohlweges hinauf.

Rosalie nahm ihren zweiten Beutel und begann mit fliegenden Händen, die begehrten braunhütigen Röhrlinge einzusammeln. Rausdrehen, putzen, einsacken, rausdrehen, putzen, einsacken – immer und immer wieder. Sie erschrak regelrecht, wie hoch sie den Hang schon hinaufgekraxelt war, als sie die letzten Beutestücke verstaute.

Doch nicht nur das erstaunte sie. Es war wie aus dem Nichts dichter Nebel aufgezogen, der bereits den Weg verschlungen hatte und nun unaufhaltsam auf Rosalie zu waberte, die sich ängstlich an den Stamm einer hohen Kiefer schmiegte, wobei sie ihre vollen Beutel krampfhaft festhielt. Weiter hinaufsteigen wollte sie nicht, absteigen konnte sie nicht, weil sie sich mit Sicherheit sämtliche Knochen gebrochen hätte, wäre sie blindlings herumgestolpert.

Nun setzte sie sich mit dem Rücken an den Baum, um das Ende des merkwürdigen Wetterphänomens abzuwarten.

Kampf ums Überleben

Das Einzige, was Rosalie im Augenblick fürchtete, waren die unzähligen Wildschweine, die es in diesem Gebiet gab. Aus Angst vermied sie es auch bei Tag, die Suhlplätze zu überqueren. Nun hoffte sie inständig, dass ihr die Tiere fern blieben, zumal die sicher im Augenblick genau so blind waren, wie sie. Denn der Nebel hüllte sie soeben in ein feuchtes, völlig undurchsichtiges Tuch.

Wie lange sie schon dort gesessen hatte, wusste sie nicht, als sich irgendwann Durst und Hunger meldeten. Sie konnte nicht einmal etwas erkennen, als sie sich die Uhr genau vor die Augen hielt. Sie stieß bei der Aktion sogar unsanft mit der Nase ans Handgelenk, weil sie die Entfernung nicht abschätzen konnte.

Ein Frösteln überlief sie. Sie stellte den Kragen der Jacke hoch. Dann tastete sie sich zu den Henkeln ihrer vollen Beutel vor, streifte sich jeweils ein Paar links und rechts bis zum Ellenbogen über die Arme, um die Hände frei zu haben. Die rechte Hand schob sie von unten in den linken Jackenärmel, die linke in den rechten, wie in einen Muff, um sich ein wenig wohler zu fühlen, denn es war inzwischen empfindlich kalt geworden.

„Jetzt ein heißer Cappuccino und ein paar Kekse ..." Rosalie zog geräuschvoll die Nase hoch. Sie hätte ja das Gebäck auch ohne Heißgetränk genommen oder anders herum. Der knurrende Magen gab nun auch noch seinen Senf dazu und Rosalie war eher nach Weinen, als nach Lachen, zumute.

Zudem kroch sie langsam Panik an, weil sie, außer ihrem rasenden Herzschlag und denen, die sie selber machte, gar keine Geräusche hörte. Sie schloss die Augen, dämmerte vor sich hin, um am Ende in einen unruhigen Schlaf zu fallen.

Das lautstarke Gezänk mehrerer Elstern und Krähen weckte sie schließlich. Rosalie gähnte herzhaft, dann blinzelte sie vorsichtig durch die spaltbreit geöffneten Lider. Der Nebel hatte sich verzogen, sie saß noch immer an den Stamm gelehnt mitten am Hang und auch die beiden Beutel voller Pilze waren noch da. Zeit, endlich zum Auto zurückzugehen.

Rosalie stemmte sich vorsichtig auf die Beine, um nicht den Hang hinunter zu kugeln, als sie beim Anblick des Waldbodens der Schock traf. Statt der Kiefernnadeln und Buchenblätter, zwischen denen sie die letzten Pilze hervorgepickt hatte, lagen Ölbaumblätter, kleine Oliven und einige Esskastanien umher. Wenn sie sich nicht völlig irrte, dann hielt sie sich gerade am Stamm einer großen Pinie fest, um nicht unkontrolliert bergab zu schlittern.

Fassungslos schaute sie sich um. Statt des Hohlweges lag eine unbefestigte Talstraße vor ihr, neben der ein breiter Bach oder ein kleines Flüsschen vor sich hin murmelte. Sie setzte sich wieder an den Baum, um nach ihrem Handy zu suchen, das in der Innentasche ihrer Jacke stecken musste. Es war noch da, sagte aber keinen Mucks, genau wie ihre Armbanduhr, die genau zwölf Uhr einfach stehen geblieben war. Was noch funktionierte, waren Hunger und Durst, die sich quälend wieder meldeten.

„Verdammt, was wird hier gespielt?", hauchte sie. *Vielleicht sollte ich versuchen, die Straße zu erreichen, um Hilfe zu bekommen,* hämmerte es in ihrem Hirn. Im nächsten Augenblick drang ein Geräusch zu ihr hinauf, welches sie von ihrem Vorhaben abhielt – das Trommeln von Pferdehufen, die sich in schnellem Trab bewegten. Wenn sie plötzlich da unten auftauchte und die Tiere scheuten, war wohl niemandem gedient.

Als das erste Ross mit seinem Reiter in Sichtweite kam, stieß sie einen Schreckenslaut aus. Tier und Reiter trugen Umhänge mit auffälligen Wappen. Der Wind ließ den Umhang des Mannes flattern, unter dem ein Brustharnisch und verschiedene Waffen zum Vorschein kamen. Davon, dass die nachfolgenden Reiter weniger prachtvoll ausgestattet waren, nahm sie nur ganz am Rande Notiz. Es waren 19 Pferde, also ein recht stattlicher Zug. *Muss wohl irgendwo ein gewaltiges Mittelalterspektakel sein*, überlegte Rosalie.

Nur konnte sie sich nicht erinnern, von solch einem Fest in den Medien gelesen zu haben. Aber sonst ritt ja keiner in Tracht im Zeisigwald herum.

Zeisigwald? Ihre Augen wanderten zweifelnd von Baum zu Baum. Die Flora, die Reiter und der Fluss – der Zeisigwald vor ihrer Haustür sah eindeutig anders aus. *Wo bin ich? Wie komme ich hierher? Wo steht mein Auto?* Sie tastete in ihrer Jackentasche herum und bekam den Fahrzeugschlüssel zu fassen. Ein kurzes Aufatmen.

Der Durst trieb sie schließlich dazu, den Berg hinab zu steigen und sich dem Fluss zu nähern. Unzählige Forellen tummelten sich im glasklaren Wasser. Rosalie schöpfte beide Hände voll, um die Flüssigkeit zu beschnüffeln, ehe sie ganz vorsichtig einen winzigen Schluck nahm. *Hmmmm, so was kommt bei uns ja nicht mal aus der Leitung!* Sie begann, in langen gierigen Zügen zu trinken, wobei sie immer wieder nachschöpfte.

Merkwürdig, rumorte es in ihren Gedanken. *Zu Hause gibt es sicher weder Fluss noch Bach, die vollkommen sind. Wo bin ich, um Gottes willen??? Und in welche Richtung muss ich gehen? Am besten dahin, wohin auch das Wasser fließt.* Rosalie setzte sich in Bewegung.

Sie wusste nicht, wie lange sie schon so dahin trottete, als sie am anderen Ufer eine winzige Ruine bemerkte. Vielleicht war es besser, hier Zuflucht zu suchen und abzuwarten, bis Hilfe nahte. Ein paar große Felsbrocken im Wasser deuteten an, dass hier einmal eine Brücke gewesen sein musste, die eine Sturzflut aus den Bergen fortgerissen hatte.

Nach eingehender Betrachtung wagte sie den Versuch, trockenen Fußes die Uferseite zu wechseln, indem sie von Stein zu Stein sprang. Nicht ganz einfach mit zwei schweren Beuteln. Aber es gelang und Rosalie begann, die Mauerreste zu inspizieren.

Von weitem hatte das Häuschen nicht so groß ausgesehen, wie es tatsächlich war, denn an der Rückseite befanden sich noch einige Vorratsräume. Sie entdeckte Mahlsteine für Getreide und Oliven, ein paar leere Gefäße und jede Menge rostige, aber noch verwendbare Werkzeuge. Hier war sogar noch ein Teil des Daches intakt.

Rosalie dachte praktisch. *Jetzt besorge ich mir ein paar dünne Zweige, schneide meine Pilze und spieße sie auf, damit sie nicht verderben. Hier unterm Dach dürfte es gelingen.*

Auf der Suche nach geeigneten Sträuchern entdeckte sie hinterm Haus ein paar Olivenbäume, an denen überreife Früchte hingen. *Einsammeln,* befahl ihre innere Stimme. „Schön eins nach dem anderen", zwang sich Rosalie zur Ruhe. „Erst die Pilze, dann die Oliven. Und falls es mir gelingt, ein wenig Öl zu pressen und ein Feuer zu machen, dann kann ich mir sogar ein Häppchen Pilze braten, um nicht vor Hunger ins Delirium zu fallen." *Oh, mein Gott! Jetzt führe ich schon Selbstgespräche! Auch Wurst – hier hört mich eh keiner. Ach ja! Wasser bunkern, bevor es dunkel wird!*

So wie die Pilze verarbeitet und die Beutel leer waren, eilte sie hinaus, um alles an Oliven zusammenzuscharren, was sie mühelos greifen, einsacken und in Sicherheit schleppen konnte. Der nächste Schritt bestand darin, sich nach Obst und Kräutern umzuschauen, die man als Notfallnahrung verwenden konnte. Auch allerlei Samen wollte sie sammeln, um Vögel anzulocken, die man fangen konnte, um irgendwie überleben zu können, sollte die Suche nach ihr länger dauern.

Ich bin zwar kein MacGyver, aber auch nicht ganz doof, grinste sie. Großmutter hatte sie nicht umsonst ihr Kräuterwissen gelehrt.

Rosalies Gehirn lief auch Hochtouren, infolgedessen sie bis zum Einbruch der Dunkelheit eine Liste erstellte, was sie über essbare Pflanzen und Früchte im mediterranen Raum wusste. Mit einem Stöckchen ritzte sie Stichpunkte in den lehmigen Boden.

„Pinienkerne!" Sie riss triumphierend die Faust hoch. Sie hatte die potenziellen Spender am anderen Ufer stehen sehen und hoffte, Pflanzen mit Zapfen zu finden. Dann begann sie zu lachen. *Ich benehme mich, als müsste ich auf einer einsamen Insel ein Survivaltraining absolvieren. Sicher kommt morgen Hilfe.*

Bei der Frage, wer die wohl schicken sollte, wurde sie sehr nachdenklich. Ob Benno überhaupt bemerkte, dass sie schon mehr als einen ganzen Tag im Wald steckte und auf Hilfe wartete? Wann würde wohl jemandem auffallen, dass ein verlassenes Auto herumstand? Wo stand es wohl? Auf dem alten Fleck, wo sie es verlassen hatte? Oder eher auf einem Pfad in diesem merkwürdigen Wald mit Pflanzen, die sie von ihren Italienreisen kannte?

Rosalie sprang auf und begann, zwischen dem Fenster und der verrotteten Tür des Verschlages hin und her zu wandern. *Italien – Pinien – Oliven – Ritter – ein Wappen mit einem schwarzen Adler ...*

Der Schrei eines Kauzes ließ sie zusammenzucken. Sie beeilte sich, die morsche Tür zu verbarrikadieren. Nicht wegen des Vogels. Vierbeinige Geschöpfe jagten ihr Furcht ein. Was mochte es wohl alles in diesem unbekannten Terrain geben? Marder und Füchse vielleicht. Aber die waren sicher harmlos. Wildschweine? Ganz bestimmt. Vor denen graute es ihr gewaltig. Möglich, dass auch Wölfe in der Dunkelheit lauerten.

Eulenarten schienen hier reichlich beheimatet zu sein, wie die verschiedenartigen Rufe andeuteten. Dann bemerkte sie einige Fledermäuse, die beinahe lautlos durch die Baumkronen huschten. Die flinken Jäger fanden am Fluss unzählige Insekten, die, wie sie, nachtaktiv waren. Hin und wieder schwebte ein Nachtvogel heran, um Jagd auf die Fledertiere zu machen. Solange Rosalie zuschaute, ohne Erfolg. Es hätte ihr leidgetan, die flinken Tiere als Beute zu sehen.

Gähnend kauerte sich Rosalie schließlich in der am besten geschützten Ecke zusammen, stellte den Jackenkragen hoch und fiel in einen tiefen Schlaf.

Als sie im Morgengrauen erwachte, tat ihr jeder Knochen weh. Es war aber auch eine blöde Idee gewesen, in dieser Stellung zu schlummern, wie sie sich selber eingestand. Handy und Uhr gaben noch immer keinen Mucks von sich und sie glaubte nicht, dass sich daran noch etwas ändern werde. Sie quälte sich auf die Füße, nahm einen Schluck Wasser aus dem Krug, ehe sie sich ins Freie wagte. Alles war wie am Vortag. So stieg sie zum Wasser hinunter, um sich zu waschen, nach Nahrung Ausschau zu halten und zu überlegen, ob sie weiter warten oder den Fluss hinab wandern wollte, um auf Menschen zu treffen.

Sie entschied sich, zu bleiben, bis man sie irgendwann abholen werde. Wobei sie hoffte, dass das nicht so schnell passieren möge. Die Einsamkeit in dem stillen Tal tat ihr gut und sie agierte weiter, als habe man sie auf genau dieses Abenteuer vorbereitet.

Zuerst füllte sie ihren Wasservorrat auf und kontrollierte die aufgespießten Pilze, ehe sie über die Steine im Fluss balancierte, um auf die Suche nach Pinienzapfen zu gehen. Die meisten waren von Vögeln leergefressen. Rosalie nahm sie trotzdem mit. Man konnte mit ihnen sicher ein kleines Feuer nähren, so man es denn schaffte, ohne moderne Hilfsmittel eines zu entfachen.

Sie wollte den Hang gerade verlassen, als sie etwas entdeckte, das den bohrenden Hunger besser stillen konnte als die Samen der Pinien – Maroni. Die Früchte waren reif und ihr lief das Wasser im Mund zusammen. Ansporn, alles dafür zu tun, sie kochen zu können.

Rosalie nahm Späne von morschem Holz mit, ein paar Pilze, die sie für Zunderschwämme hielt, harte Zweige und große Steinbrocken. Sie wollte versuchen, Funken zu schlagen oder das Holz zu drillen, bis die Hitze Glut entfachte. Nur war das alles leichter gedacht als getan. Nach zwei Stunden erfolgloser Versuche saß sie heulend in der Ecke.

Vielleicht war es ja doch besser, Hilfe zu suchen oder wenigstens nach etwas, womit die früheren Bewohner des Häuschens Feuer gemacht hatten. Sie durchwühlte noch einmal das alte Werkzeug und entdeckte in einem schimmeligen Lederbeutel mehrere angerostete Schlageisen mitsamt einer Markasitknolle.

„Bingo!", jauchzte Rosalie, schob die zerpflückten Baumschwämme zusammen, legte trockenes Gras bereit, ehe sie erneut versuchte, brauchbare Funken zu schlagen. Mit dem mittelalterlichen Feuerzeug gelang es nach wenigen Minuten und die Flämmchen fraßen gierig das Heu. Dann stürzten sie sich hungrig auf Holzspäne, Zapfen, Zweige und Äste, die Rosalie bereits in der alten Feuerstelle zusammengetragen hatte.

Mangels anderer Gefäße hängte sie einen angebrochenen Tonkrug am Henkel übers Feuer, den sie mit Wasser und einigen Esskastanien gefüllt hatte. Ob und wie lange es der Krug mitmachen würde, wusste sie nicht. Mit ein bisschen Glück wenigstens so lange, bis die erste warme Mahlzeit fertig war. Als die Schalen aufplatzten, nahm sie eine Probe. *Hm, nee, noch ein bisschen.* Sie warf die angebissene Kastanie wieder in den Krug. Der nächste Testbiss war perfekt.

Rosalie fischte die aufgeplatzten Maroni aus dem Wasser, die sich nun auch ganz leicht abschälen ließen. Gierig schlang sie die erste Kastanie hinunter. Als sie die Zweite von der Schale befreite, schüttelte sie den Kopf und murmelte: „Erstes Gebot: Du sollst nicht schlingen. Zweites Gebot: Du sollst jeden Bissen genießen, weil du nicht weißt, wann du wieder etwas zu beißen findest. Drittes Gebot: Du sollst dankbar sein, dass man dich in Ruhe lässt. Amen."

Sie ahnte nicht, dass man den Rauch ihres kleinen Feuers vom Wachturm einer wenige Kilometer entfernten Burg gesehen hatte und ihn intensiv

beobachtete, weil man einen entstehenden Waldbrand vermutete, der verheerend gewesen wäre.

Man hatte bereits einen Späher losgeschickt, um
geeignete Maßnahmen ergreifen zu können. Das
laute Trommeln der Pferdehufe schreckte Rosalie
auf. Sie schaute aus dem Fenster und erstarrte. Auch
dieser Reiter trug einen Brustharnisch, war bis an die
Zähne bewaffnet und hielt genau gegenüber ihrem
Versteck an, das er argwöhnisch beäugte. Dann
sprang er von seinem Ross, band es an einen Busch,
zog sein Schwert und machte Anstalten, den Fluss
zu überqueren.

Rosalies Herz begann zu rasen, ihre Hände zu zit-
tern, und rasch wurde ihr klar, dass sie keine Chance
hatte, sich wirklich zu verstecken. Als sich polternde
Schritte der Tür näherten, wich sie schreckensbleich
zurück, bis sie die Wand im Rücken stoppte. Da
wurde der marode Verschlag aus den Angeln
gerissen, der Bewaffnete stürmte in den Raum. Rosalie schrie entsetzt auf.

Begegnungen

Völlig verdattert ließ der Fremde das Schwert sinken, die junge Frau erstaunt und neugierig musternd. Alles an ihr wirkte fremd und ungewöhnlich. Sie trug Beinkleider wie ein Mann, aus Stoff, den er noch nie gesehen hatte, hatte Schuhe an den Füßen, die ein wahrer Meister aus wundersamem Material geschaffen haben musste und stammelte Worte, die er nicht verstand.

Als er einen Schritt auf sie zugehen wollte, streckte sie abwehrend beide Arme aus. So blieb er stehen, bewegte aber den Kopf mit dem Helm in alle Richtungen, sich einen Überblick verschaffend, was die Unbekannte hier wohl trieb. Ihm war nach wenigen Sekunden klar, dass sie Zuflucht vor irgendwas gesucht hatte und um das nackte Überleben kämpfte. Natürlich entging ihm nicht, wie kreativ sie dabei zu Werke ging.

Rosalie schien es, als husche ein Lächeln über sein Gesicht, das zum größten Teil von Helm und Kettenhaube verdeckt war. Das Zucken ihrer Mundwinkel deutete an, dass sie nicht schlüssig war, ob sie es erwidern sollte.

Ehe sie wirklich einen klaren Gedanken fassen konnte, drehte er sich um und sprang über die Steine im Fluss auf das andere Ufer zurück. Sekunden später trabte er gemächlich davon, sich noch einmal umdrehend, bevor eine Wegbiegung die Sicht versperrte.

Rosalie blies die angehaltene Luft aus. Das mittelalterliche Outfit des Berittenen hatte edel und gediegen ausgesehen. Es musste ihn sicher ein Vermögen gekostet haben, sich ganz im Stil des 13. Jahrhunderts zu kleiden. Es gab im 21. Jahrhundert nicht viele Plattner, die solch wundervolle Repliken alter Harnische detailgetreu fertigten. Das Ritterspektakel musste demzufolge ziemlich hoch und vor allem international angesetzt sein. Sie hatte kein Wort von dem verstanden, was der Ritter gesagt hatte, glaubte aber, italienische Brocken herausgehört zu haben.

Sie schlug die Hände vor das Gesicht. „Ich glaube, ich werde wahnsinnig! Pinien, Oliven, Italienisch! Das ist alles echt! Vielleicht war das auch ein echter Ritter mit echten Edelsteinen am Schwertknauf! Wenn ich beim Pilzesuchen nicht auf den Kopf gefallen bin, dann muss etwas geschehen sein, das mich in eine fremde Welt in einer fremden Zeit geworfen hat. Ich glaube, ich stecke nun auch in echten Schwierigkeiten." Sie erschrak über ihre eigene Stimme. Aber das hatte heraus gemusst! Ihr fiel der Nebel ein und ein Dutzend Horrorgeschichten, die solche Phänomene beschrieben.

Sie zwang sich zur Ruhe. Immerhin war der Fremde weder feindselig noch aufdringlich gewesen. Sehr wahrscheinlich befand sie sich auf seinem Land und wurde geduldet, solange sie niemandem ins Gehege kam. *Ich kann weder etwas dafür, noch es ändern. Ich muss nur versuchen, nicht in Ungnade zu fallen.*

Den Rest des Tages verbrachte sie damit, Kräuter, Früchte und Bruchholz zum Kochen zu sammeln. Von irgendetwas musste sie schließlich leben. Sie hängte einige Kräuterbündel zum Trocknen auf, brühte sich aus Schafgarbe einen Tee und knabberte Pinienkerne. In Ermangelung einer Tür rammte sie Äste in die Öffnung, um Tieren den Zugang zu erschweren. Dann setzte sie sich auf einen Baumstumpf, den sie ins Häuschen gezerrt hatte und beobachtete mit dem Einsetzen der Dämmerung das Treiben der unzähligen Fledermäuse.

Ein Marder erklomm einen Baum. Rosalie vermutete, er wolle ein Vogelnest ausrauben. Stattdessen stürzte er sich in den Pulk Fledermäuse. Zwei Tiere taumelten betäubt zu Boden, denen der kleine Räuber rasch auf den Boden folgte, um ihnen den Garaus zu machen. Zwar konnte Rosalie im Finstern nicht viel erkennen, meinte aber, gesehen zu haben, dass der Marder mit nur einer Fledermaus im Maul weggelaufen war.

Das andere Tier musste demzufolge noch auf dem Boden liegen. *Vielleicht lebt sie ja noch und ist verletzt,* überlegte sie, sich weit aus dem Fenster lehnend. Nichts zu sehen. *Ich ... ich kann sie doch nicht einfach liegen lassen ... ich ...*

Rosalie schlug die Äste aus dem Türrahmen und schlich mit einem ihrer Beutel in der Hand hinaus. Den Baum hatte sie schnell gefunden. Etwas raschelte. Im fahlen Mondlicht konnte Rosalie nur schemenhaft erkennen, wie die Fledermaus mit gebrochenem Flügel davonzukriechen versuchte. Sie wickelte den Beutel zusammen, warf ihn über das verletzte Tier und griff beherzt zu.

Im Häuschen bot sie der verängstigt zappelnden Fledermaus einen rostigen Nagel, der aus der Wand ragte, als Platz zum Schlafen an. Notgedrungen arrangierte sich das Fledertier mit der ungewöhn-lichen Situation. Fliehen konnte es nicht. Und hätte es doch einen Versuch gewagt, wäre es von einem der vielen nächtlichen Jäger als Nachthäppchen ver-speist worden.

„Du musste eine Art Hufeisennase sein", flüsterte Rosalie nach genauer Betrachtung ihres Findlings. „Das heißt, ich muss dir Insekten und ähnliche

Krabbler besorgen, damit du überleben kannst. Bin gleich wieder da! Ich fange nur schnell einen Nachtfalter!"

Sie eilte hinaus und schlug mit ihrem Beutel nach den herumfliegenden Schmetterlingen. Zwei erwischte sie, die sie lebend zu ihrem Schützling trug. „Du hast Glück, dass mein Universalwerkzeug namens Beutel so gut funktioniert. Lass dir die Leckerchen schmecken!" Damit hielt sie der Fledermaus den ersten zappelnden Falter genau vor sie Nase.

Es dauerte eine ganze Weile, ehe die überhaupt Notiz von dem fetten Happen nahm. Dann ging es ganz schnell und Rosalie verabreichte ihrem Zögling sofort den nächsten Falter.

„Ich hatte schon immer ein Faible für ungewöhnliche Haustiere", schmunzelte sie. „Weil ich nicht weiß, ob du Männlein oder Weiblein bist, werde ich dich einfach Pauli nennen, also ein bisschen Paul und ein bisschen Pauline."

Rosalie hätte zu gern das fluffige Fell gestreichelt, das, wie sie aus Büchern wusste, auf dem Rücken graubraun mit einem deutlichen rötlich-lilafarbenen Ton aufwartete. Hier, im Schein eines winzigen Feuerchens, war von der besonderen Färbung natürlich nichts zu erkennen. Nur, dass die Unterseite heller gefärbt war. Bei Tageslicht gelblichweiß mit einem Stich ins Graue.

„Ich vermute, dass du Schmerzen hast. Schlaf dich gesund, mein kleiner Freund. Morgen kümmere ich mich, dass du richtig satt wirst. Gute Nacht." Rosalie legte sich auf den Boden, schob sich die zusammen-gefalteten Stoffbeutel unter den Kopf und schlief schnell ein.

Die Ungewissheit der vergangenen beiden Tage hatte ihre ganze Kraft gefordert und sie wachte erst auf, als die Sonne schon recht hoch am Himmel stand. Sie gähnte herzhaft, spähte in die Runde und freute sich, dass Pauli noch an seinem Platz vom Abend hing. Sein verletzter Flügel baumelte zwar schlaff herab, aber sonst schien der kleine Kerl in ganz passabler Verfassung zu sein.

Rosalie lief für die Morgenwäsche zum Fluss. Auf dem Rückweg hielt sie überrascht inne. Unter dem Fenster stand ein kleiner Eisenkessel, auf dem zwei zusammengerollte Schaffelle deponiert waren. Sie ahnte, woher die dringend benötigten Gaben stamm-ten. „Vielen lieben Dank!", flüsterte sie erfreut.

Noch größer wurden ihre Augen, als sie die Felle ins Haus tragen wollte – im Kessel lag ein gewaltiges Stück eines luftgetrockneten Schinkens. Das kleine

Taschenmesser war scharf genug, dünne Streifen davon abzuschneiden.

Pauli ließ sich nicht in seiner Ruhe stören, als Rosalie im Häuschen herumwerkelte. Sie kontrollierte das Trockengut, räumte um und schuf sich eine Schlafstatt, die etwas erhöht und windgeschützt war. Dafür trennte sie mit Steinbrocken aus dem völlig verfallenen Teil des Hauses ein Areal neben der Kochstelle ab, das sie komplett mit Steinen auslegte, um bei Regen nicht im Nassen zu liegen, und trug zusammen, was sie an trockenem Gras auf den Wiesen finden konnte. Es war nicht viel, milderte aber die Härte der Bruchsteine ab. So sehr sie auch suchte, es gab weder Sichel noch Sense, um selbst Heu machen zu können, bevor der Herbst endete.

Die Insekten, welche sie im Gras aufscheuchte, fing sie ein und steckte sie in den Krug mit dem Riss. Da konnten sie atmen aber nicht fliehen, denn einer ihrer Beutel fungierte als Deckel. Sie dachte sogar an biegsame Zweige, die sie als Pinzette benutzen konnte, um nicht alle Futtertiere für Pauli anfassen zu müssen.

Sie wusste nicht, dass ihre Insektenfangaktion mit einiger Sorge beobachtet wurde. Hätte sie geahnt, warum, dann wäre sie in schallendes Lachen ausgebrochen.

Die Fledermaus wurde munter, als die Sonne langsam unterging. Ehe sich Rosalie versah, hangelte sich
das Tier an den rauen Steinen der Mauer entlang in
Richtung Fenster.

„Hiergeblieben!", rief Rosalie und fing den Flüch-
tigen wieder ein. „Du wärst tot, ehe du den ersten
Baum erreichst!"

Cavaliere Luciano

Als die Turmwachen den Rauch zwischen den Bäumen erspähten, gaben sie sofort Alarm: „Rauch! Flussaufwärts steigt eine Rauchsäule auf!"

Luciano, der jüngste Ritter aus dem Gefolge des Burgherrn, hatte den Ruf vernommen. „Wie groß?", rief er hinauf.

„Wie von einem Herdfeuer", schallte die Antwort herunter. „Aber deutlich hinter Isolabona!"

Der Ritter zog die Augenbrauen zusammen. „Wilderer, Wanderer, Waldbrand? Mein Pferd ist noch gesattelt, ich schau mir die Sache lieber selber und aus der Nähe an."

„Tut das!", bekräftigte der Burgherr. „Dann wissen wir wenigstens wirklich, woran wir sind. Wollt Ihr etwa allein reiten?", fragte er, als Luciano keine Anstalten machte, Begleiter auszuwählen.

„Ich bin doch nicht allein", lachte der junge Mann, auf Schwert und Dolch deutend, dann schwang er sich auf seinen Braunen und galoppierte den steilen Weg zum Flussufer hinunter.

„Er ist und bleibt ein Draufgänger", schmunzelte ein anderer Ritter.

Der Herr der Burg, nickte. „Ich beschneide seinen Tatendrang auch nicht gern. Er würde aber gehorchen, wenn ich ihm Begleitung befähle. Da ist er absolut verlässlich und somit einer meiner besten Männer. Und er kann zuschlagen, wie Ihr wisst."

„Ja, das habe ich am eigenen Leibe erfahren", stöhnte der Angesprochene. „Mir steckt jetzt noch das letzte Duell mit ihm in den Knochen. Es war ein Hieb, als sei ich gegen eine Ramme angeritten. Ich bin gespannt, was er für Kunde bringen wird."

In den schmalen Gassen des Terra von Dolceacqua ließ Luciano sein Pferd im Schritt gehen. Hier war es so eng zwischen den Häusern, dass hin und wieder seine Knie die Wände berührten. Er lenkte es über die Brücke, um ihm danach sofort die Sporen zu geben. Er war begierig darauf, zu erfahren, wer um diese Zeit im Wald umherschlich und auch noch Feuer dabei machte. Denn hinter Isolabona wohnte keiner mehr, da gab es nur die Reste der kleinen Ölmühle, die vor ein paar Jahren vom Hochwasser fortgerissen worden war. Viel weiter konnte der Turmwächter auch nicht sehen. Es war jetzt schon mehr Zufall als Können, dass er den Rauch überhaupt entdeckt hatte.

Als er Isolabona durchquert hatte, ließ er sein Pferd in schnellem Trab gehen, dann im Schritt, weil er sich der alten Mühle näherte und bis jetzt keine Menschenseele entdeckt hatte. Auch Rauch war

nicht mehr zu sehen. Aber es roch nach verbrann-
tem Holz. Und dieser Geruch kam eindeutig aus der
Ruine, in deren einer Fensteröffnung er eine Gestalt
bemerkte.

Luciano knirschte mit den Zähnen. Das Stück
Land, und damit auch die verlassene Mühle, gehörte
ihm. Er werde den Eindringling züchtigen, auf dass
ihm Hören und Sehen vergingen! Die kleine Kerker-
zelle der Burg war gerade leer und dort konnte der
Lump ein paar Tage schmoren, ehe man ihn davon
jagte.

So übersprang er mit wachsendem Groll die Steine
im Fluss, zog sein Schwert, trat die morsche Tür ein,
... und stand einem engelsgleichen Wesen gegenüber,
das ihm ganz bestimmt nichts Böses gewollt hatte.

„Wer bist du und was tust du hier?", fragte er,
einen Schritt auf sie zugehend.

Ihre Worte verstand er nicht, nur das Signal des
ängstlichen Abwehrens. Gewohnt, einen Gegner zu
belauern, hatte er in der Kürze der Zeit mehr
Informationen über die entsetzte Frau gesammelt,
die hier Zuflucht gesucht hatte, als sie über ihn.
Mochte sie bleiben, solange sie wollte.

Um sie nicht noch mehr zu ängstigen, verließ er
die Ruine, begab sich zu seinem Pferd und trabte
davon. Dass sie allein hier draußen überleben werde,

wagte er zu bezweifeln. An diesem Punkt wurde er unruhig. Sie hatte ja wirklich nicht ausgesehen, als sei sie in der Lage, sich gegen Widrigkeiten zu wehren. Offenbar waren ihr ganzer Besitz, die Kleider, die sie am Leib trug. Welches Schicksal mochte sie in die Einsamkeit des Nerviatales getrieben haben? Er schreckte aus seinen Gedanken auf, als das Pferd den Hof der Burg erreichte.

„Euerm Blick nach, gab es Ärger", merkte Oberto an.

Luciano schüttelte den Kopf. „Nein, ganz und gar nicht. Ich habe nur einen Gast in der Ruine, den ich weder erwartet habe, noch kenne."

„Ihr sprecht in Rätseln, mein Lieber!"

Der junge Ritter machte eine hilflos wirkende Geste mit beiden Händen, die Oberto noch mehr verwunderte.

Der Burgherr lachte auf und fragte aus Spaß. „Ist sie wenigtstens hübsch?" Als Luciano, ohne überlegen zu müssen, erwiderte: „Genau das ist mein Problem", schaute er ihn an, als sei er gerade vom Himmel gefallen. „Wie jetzt? Ihr habt Damenbesuch an diesem gottverlassenen Ort? Wollt Ihr mich veralbern?"

„Nein! Ja." Luciano fasste sich an den Kopf. „Der Reihe nach: Ja, ich habe Damenbesuch. Nein, ich will Euch nicht veralbern. Nein, ich kann Euch nicht sagen, wer sie ist und auch nicht, woher sie kommt. Sie ist einfach da. Und hübsch ist sie auch. Das ist der Grund, warum ich mir Gedanken mache. Wäre sie hässlich, wäre es mir wahrscheinlich egal, wie sie da draußen zurechtkommt."

Oberto hob die Augenbrauen.

„Sie muss auf dem nackten Boden schlafen, hat kein Kochgeschirr, keine wärmende Kleidung und die Tür habe ich eingetreten, weil ich einen Mann in den Ruinen vermutete", berichtete der junge Ritter.

„Und nun habt Ihr ein schlechtes Gewissen, weil Euch der weibliche Eindringling gewaltig interessiert", schmunzelte Oberto.

Luciano lächelte. „Das trifft es ziemlich gut."

„Ihr solltet Eure alte Mühle wieder aufbauen. Meint Ihr nicht auch?"

„Ich werde darüber nachdenken, wenn ich merke, dass meine geplanten Geschenke wohlwollend angenommen werden." Luciano blinzelte mit einem Auge und schlug den Weg zum Kesselschmied ein.

„Nur praktische Sachen", witzelte Ritter Mario.

Oberto lächelte kaum merklich. „Er denkt immer praktisch. Bleibt sie hier und bewirtschaftet das Haus, lohnt es sich, zu bauen, weil sie Steuern an ihn bezahlen muss. Zieht sie weiter, dann kann er sich das viele Geld für den Neubau der Mühle sparen."

Als Luciano mit einem Kessel und weich gegerbten Schaffellen um die Ecke bog, war allen klar, was er im Sinn hatte. Es wunderte sich also niemand, als er am nächsten Tag, und auch den folgenden, flussaufwärts ritt.

Diesmal band er das Pferd an einen Strauch, den man vom anderen Ufer aus nicht sehen konnte, huschte über die Steine im Fluss, dann verbarg er sich in halber Höhe am Hang, von wo aus er beobachten konnte, wie sein geheimnisvoller Gast den Tag verbrachte. Die Fremde schien sich wirklich auf einen längeren Aufenthalt einzurichten.

Was sie allerdings mit den Insekten wollte, erschloss sich ihm nicht. Im Wasser gab es Fische, er hatte die Pilze und Früchte im Haus gesehen und ihn überlief ein Schauer, als er sich vorstellte, sie wolle die Viecher vielleicht essen. Als sie ins Haus zurückkehrte, verließ er den Hang und kam gerade an, als sie Pauli zurechtwies, von dessen Existenz er nichts ahnte.

In der Annahme, es müsse eine zweite Person im Haus sein, postierte er sich vor dem Fenster, um beide in flagranti zu erwischen. Er duldete die Frau, aber keinen männlichen Eindringling. Einen Mann sah er zwar nicht im Haus, aber die Frau mit dem Käferkrug in der Hand. Nun öffnete sie ihn und pickte mit zwei Holzstäben einen Schmetterling hervor! Doch, statt ihn sich in den Mund zu stecken, wie er befürchtet hatte, hielt sie ihn vor einen dunklen Fleck an der Wand!

Der Fleck begann sich zu bewegen und im nächsten Augenblick begriff der junge Ritter, was er da vor sich hatte. Er war so verblüfft, dass er laut und vernehmlich: „Un pipistrello! (Eine Fledermaus!)", ausrief.

Rosalie fuhr herum. Mit nächtlichem Besuch hatte sie nun wirklich nicht gerechnet. Ihr rasender Herzschlag beruhigte sich schnell, als sie ihn erkannte und so sie bat ihren Wohltäter herein. Der nahm die Einladung an und schaute interessiert zu, wie der kleine Flattermann ein Insekt nach dem anderen verputzte.

„Er ist verletzt", sagte Rosalie und ließ ihren Arm genau so hängen, wie Pauli seinen kaputten Flügel. „Malato (krank)." Mehr fiel ihr auf Italienisch nicht ein, um den Zustand des Tieres zu beschreiben, das der Ritter „pipistrello" genannt hatte. Das klang niedlich und passte zu Pauli, der nach dem Essen an der Wand herumkraxelte, ohne weitere Fluchtversuche zu unternehmen.

Hat selber kaum etwas zum Leben und kümmert sich um eine kranke Fledermaus, die es zu Tausenden gibt, dachte Luciano amüsiert und legte schließlich seinen Helm ab. Nun wirkte er gleich weniger furchteinflößend auf Rosalie, die sich beeilte, Kräutertee zu bereiten, weil es außer Wasser nichts weiter gegeben hätte. Sie konnte ihm sogar eine hölzerne Trinkmulde anbieten, die sie im verfallenen Teil der Mühle entdeckt und im Fluss geschrubbt hatte. Sich selbst schenkte sie etwas in einer angebrochenen Keramikschüssel ein. Luciano staunte, wie unkompliziert sie improvisierte. Vielleicht war sie ja doch in der Lage, den Winter zu überstehen, wenn er ihr ein wenig Hilfe zukommen ließ.

Rosalie hatte sich auf den zweiten Baumstumpf gesetzt, der für sie bisher als Tischchen fungierte. Sie betrachtete eingehend den jungen Mann, der sich umschaute, als rechne er gerade aus, welches Material er heranschaffen lassen musste, um das Häuschen wetterfest zu machen. Besonders lange taxierte er das Stückchen Dach, das noch erhalten war. Dann lächelte er zufrieden.

Rosalie lächelte zurück, zeigte auf Kessel, Felle und Schinken: „Grazie mille! (Tausend Dank!)"

„Prego (Bitte)", erwiderte Luciano, der sich freute, wenigstens ein paar Worte mit ihr wechseln zu können. Sie schien nicht zum ersten Mal in der Region zu sein. Doch woher kam sie? Siedendheiß fiel im ein, dass er sich noch nicht einmal vorgestellt hatte. So stand er auf, deutete eine Verbeugung an, zeigte auf sich und nannte seinen Namen: „Luciano Spinola." Titel und Würden ließ er einfach weg, die würden sie ohnehin nicht interessieren.

Sie nickte erfreut. „Rosalie Wildenstein." Zugleich begann sich das Räderwerk der Gedanken zu drehen. Der junge Mann entstammte, wenn sie den Namen richtig verstanden hatte, einer der einflussreichsten Familien des Mittelalters. Das Wappen auf seinem Mantel hatte sie schon einmal gesehen, sie ahnte auch, wo. Um sicher zu gehen, zeigte sie auf den Fluss vor dem Haus: „Fiume, nome? (Fluss, Name?"

Weil sie nur wenige Wörter zu verstehen schien, entschloss sich Luciano, möglichst kurz und verständlich zu antworten. So sagte er nun nur: „Nervia".

Rosalie riss die Augen auf. Wenn das alles stimmte, dann befand sie sich in Ligurien. Nun musste sie nur noch die Zeit herausfinden, die sie nach der Kleidung des Ritters bereits auf das 13. Jahrhundert gesetzt hatte. Sie wagte einen Versuch. „Ammiraglio

Oberto Doria? (Admiral Oberto Doria?)" Sie zeigte fragend den Fluss hinunter.

„Sì! (Ja!)", rief Luciano, seinen Umhang so haltend, dass das Wappen seines Kriegsherrn, der schwarze Adler, deutlich zu sehen war.

Da der junge Mann den Fluss herauf gekommen war, musste sich die Ruine irgendwo bei Isolabona oder noch weiter weg befinden. Wenig später war Rosalie buchstäblich im Bilde, denn er ritzte mit der Dolchspitze den Flussverlauf in den Boden, markierte die Doria-Burg, wo er im Dienst stand, fügte Dolceacqua und Isolabona hinzu und den Standort der Mühlenruine, ein ganzes Stück den Fluss aufwärts. Er tippte die Mühle auf dem Plan mit dem Dolch an, zog ein riesiges Oval flussaufwärts drum herum und erklärte: „Isolato."

Rosalie biss sich auf die Lippen. Die Ruine war also in sehr weitem Umkreis das einzige Haus und niemand konnte ihr im Notfall helfen. „Ho capito. (Ich habe es verstanden.)" Nun wusste sie wenigstens, woran sie war.

„Armi? (Waffen?)", fragte er kurz.

Rosalie schüttelte den Kopf, worauf Luciano nach einer Holzstange griff, die er mit seinem scharfen Dolch anzuspitzen begann. „Contro i nemici. (Gegen Feinde.)"

„Per il pesce. (Für Fische)", schmunzelte Rosalie.

„Molto bene! (Sehr gut)", lachte Luciano. Man konnte damit auch Hasen und Enten erlegen. Seinen Segen hatte sie. Er werde sie bestimmt nicht der Wilderei bezichtigen.

Mehr konnte er für den Moment nicht herausfinden, denn Rosalie verstand seine Fragen nicht. Als er das Haus verlassen wollte, fiel ihm doch noch etwas ein. Er zeigte auf sich: „Da Genova. (Aus Genua)"

Rosalie erwiderte. „Sassonia. (Sachsen.)" Mit ihrer Heimatstadt hätte er sicher nichts anfangen können. Welchen Status Sachsen in seiner Zeit hatte und ob es in seinen Kreisen überhaupt bekannt war, konnte sie nicht ermessen. Die urkundliche Erwähnung einer Stadt im 12. Jahrhundert war ja auch keine Garantie dafür, in der damaligen Welt bekannt zu sein, selbst wenn sie nur dem Kaiser unterstand.

Luciano nickte, als habe er das Wort Sassonia nicht zum ersten Mal gehört. „Questo è lontano. (Das ist weit weg.) Buona notte. (Gute Nacht.)" Augenblicke später galoppierte er bereits davon.

Obwohl es nachts empfindlich kalt wurde, löschte Rosalie das Feuer, weil sie fürchtete, Pauli könne hineinfallen. Sie rollte sich in die beiden großen Schaffelle, um sich einigermaßen warm zu halten.

Das eigentümliche Fiepen der Fledermaus zeigte an, dass das kleine Tier auf der Suche nach einem zugluftgeschützten Platz irgendwo in der Nähe der Kochstelle fündig geworden war.

Rosalie schlummerte ein.

Finderlohn

Mit dem Sonnenaufgang war sie wach und suchte im Halbdunkel die Wände nach Pauli ab, den sie schließlich am unteren Rand des Rauchabzugs fand und an einen anderen Platz umsetzte, damit er nicht erstickte, als sie ein kleines Feuer für einen Gutenmorgentee entfachte.

Nachdenklich betrachtete sie die in den Boden geritzte Landkarte. Sie hatte nicht einmal gefragt, wem die Ruine gehörte. Luciano hätte sicher eine Bemerkung gemacht, wäre sie im Eigentum der Doria. Er war wohl selber der Herr über das Stückchen Land und das verfallene Häuschen.

Rosalie vermutete, eine kriegerische Auseinandersetzung sei für den maroden Zustand des Anwesens schuld. Obwohl sie es hätte wissen müssen, kam ihr der Fluss bisher gar nicht als Verursacher in den Sinn. Dabei hatte sie die Steine im Wasser und genügend Videos gesehen, in denen idyllisch murmelnde Gebirgsbächlein in minutenschnelle zu reißenden Strömen werden konnten. In der Nacht musste es geregnet haben, denn die Wiese war nass, der Wasserstand erheblich höher als an den Tagen zuvor und die Straße völlig aufgeweicht. Erst jetzt

begriff sie, dass das Leben so nah am Wasser gefährlich sein konnte.

Weil keine einzige Wolke am Himmel zu sehen
war, nahm sie sich für den heutigen Tag vor, auf der
anderen Seite des Tales nach Maronen und Zapfen
zu suchen, solange die Natur noch etwas freiwillig
hergab und sie auch wieder über die Steine im Fluss
zu ihrem Refugium zurückkehren konnte. Mit Beuteln, Taschenmesser und ihrem provisorischen Speer
bewaffnet zog sie los, ein Stück Schinken als Weg-
zehrung im Gepäck.

Entweder hatte sie besonders tief geschlafen oder
der Schlamm alle Geräusche gedämpft, denn mit
Staunen bemerkte sie, dass ein ganzer Reitertrupp
flussaufwärts gezogen war, wie die unzähligen Huf-
abdrücke im Matsch bewiesen. Sie folgte den Spuren
für einige hundert Meter, ehe sie den Hang hinauf
kraxeln wollte, wo vielversprechende Maronenbäume zu sehen waren.

Etwas erregte ihre Aufmerksamkeit. Es hatte die
Größe eines Straußeneis und war halb in den Boden
getreten. Beim Näherkommen entpuppte es sich als
braunes Ledersäckchen. Da Rosalie alle Sorten
Behältnisse gebrauchen konnte, beschloss sie, es mit-
zunehmen, zu reinigen und zu trocknen. Es war
schwer das Säckchen aus dem Schlamm zu ziehen.

Nicht nur, weil es recht tief darin steckte, sondern weil es erstaunlich viel wog. Als sie es endlich in der Hand hielt und einen Blick hinein geworfen hatte, wunderte sie sich nicht mehr – es war ein Geldbeutel, in welchem eine nicht unbedeutende Anzahl von Gold- und Silbermünzen steckte.

„Auch das noch", murmelte sie. Das Mittelalter steckte voller Gefahren und man werde sie vielleicht als Diebin anklagen, fände man es bei ihr. Sie beschloss, mit Luciano darüber zu reden, steckte es in einen der Beutel und begann, zu den Maronenbäumen hinauf zu klettern.

Sie hielt reiche Ernte. Sicher gehörte irgendjemandem auch der Wald. Aber niemand, außer ihr, sammelte die Früchte ein. Man duldete sie in der Ruine und wusste, dass sie sich von allem ernährte, was sie finden konnte. Zudem hatte sie keine andere Wahl, wenn sie über den Winter kommen wollte. Lieber wäre sie gestorben, als zu Fuß die vielen Kilometer zur Burg betteln zu gehen. Also sackte sie alles ein, was essbar oder anderweitig brauchbar war. Dabei hoffte sie sehr, dass Luciano seine schützende Hand über sie halten werde, sollte man sie deshalb zur Rede stellen.

Wie lange sie schon hier oben war, wusste sie nicht, als sie deutliches Wiehern und Schnauben hörte. Es schien der Trupp Reiter zu sein, der nach Hause zurückkehrte, wobei alle Männer, unter ihnen Luciano, den Blick auf den Boden geheftet hatten. Offenbar suchten sie das, was Rosalie gefunden hatte.

Sie eilte den Hang hinab, so schnell es ging, wobei sie laut: „Hallo! Hallo!" und „Signore Luciano!", rief.

Erstaunt zügelten die Reiter ihre Pferde.

„Das ist sie", raunte Luciano Admiral Doria zu, ehe er vom Pferd sprang, um Rosalie zu begrüßen.

Nun war es auch das erste Mal, dass Rosalie sein Gesicht bei Tageslicht betrachten konnte. Sehr dunkle Augen, fast schwarzes Haar und ein markantes Gesicht, das Willensstärke ausstrahlte. Kein Wunder, dass es im Halbdunkel auf furchtsame Gemüter einschüchternd wirken konnte, zumal der junge Mann groß und breitschultrig war. Nun schaute er eher mild und gütig. Sie schätzte ihn auf 25 - 30 Jahre, also etwa so alt, wie sie selber war.

Natürlich wurde auch Rosalie neugierig gemustert. Und nicht nur wegen ihrer fremdartigen Kleidung. Noch völlig außer Atem vom schnellen Lauf, erklärte sie, auf den Boden zeigend: „Ich habe hier etwas gefunden!"

Zwar verstand niemand ihre Worte, aber ihre Aufregung und die Gesten machten klar, dass sie wohl den verloren geglaubten Geldschatz entdeckt hatte. Da zog sie den Beutel auch schon hervor und überreichte ihn Luciano.

„Fantastico! Gracie mille!", rief einer der Herren beim Anblick des lehmigen Säckchens äußerst erfreut. Luciano übergab es ihm mit einem zufriedenen Lächeln.

Rosalie hörte den Namen Oberto und war sicher, den Burgherrn persönlich vor sich zu haben. In den grauen Mänteln sahen alle gleich aus, unterschieden sich nur in der Größe und der Art der Bewaffnung. Das Zaumzeug der Pferde war bei allen Reitern ähnlich schlicht gehalten wie die Mäntel, wohl, um kein Aufsehen zu erregen. Bei der Barschaft eine sinnvolle Vorsichtsmaßnahme.

Rosalie verstand nichts von dem, was die Männer untereinander sprachen, doch in den Gesichtern sah sie Freude, Erleichterung und etwas wie Hoffnung. Luciano saß wieder auf, alle nickten Rosalie lächelnd zum Abschied zu und schon galoppierte der Trupp in die Richtung zurück, aus der er gerade gekommen war.

Rosalie nahm ihre schweren Beutel auf und wanderte zufrieden zur Mühle zurück. Dort schaute sie zuerst nach Pauli, der schon wieder im Rauchfang hing und schlief. Dann zog sie mit dem Krug auf die

Wiese hinterm Haus, auf Jagd nach schmackhaften Insekten für ihren kleinen Zögling. Weil sich ihre Gedanken um den Geldbeutel und die Reiter drehten, dauerte es ziemlich lange, bis sie ausreichend Futter für die Fledermaus gefangen hatte.

Als sie mit Einbruch der Dämmerung zurückkehrte, stand ein geschnitzter Trinkbecher in der Fensteröffnung und daneben hing einer der derben und wärmenden Kapuzenumhänge, welche die Reiter getragen hatten. Rosalie strahlte vor Freude. Nützliche Dinge, die ihr das Leben wieder ein Stückchen erleichterten.

Sie aß zu Abend, trank mit dankbarem Lächeln ihren Tee aus dem herrlichen Becher und kümmerte sich um den kleinen Flattermann, der etwas forscher unterwegs war, als bisher. Ganz offensichtlich heilte sein Flügel, denn Pauli begann, ihn vorsichtig zu bewegen. Rosalie beobachtete es mit gemischten Gefühlen.

„Da wirst du mich wohl bald verlassen", seufzte sie. „Auch, wenn du den ganzen Tag verschläfst, ist es schön, dass du da bist und ich mich nicht so einsam fühle. Gute Nacht. Mach keinen Unsinn und pass auf dich auf."

Rosalie bettete sich auf die weichen Felle, deckte sich mit dem langen Umhang zu und schlief so gut, wie schon lange nicht mehr.

Sie hatte keine Vorstellung gehabt, was für einen Wert die Münzen in dem Säckchen verkörperten. Als am nächsten Morgen ein paar Männer anrückten, die aus zwei riesigen halben Baumstämmen eine provisorische Brücke bauten, die sie fest mit großen Pflöcken an beiden Ufern verankerten, begann sie es zu ahnen. Die Arbeiter spannten sogar auf beiden Seiten Seile als Handläufe, damit Rosalie auch bei Nässe gefahrlos den Fluss überqueren konnte.

Und jeder versuchte, einen Blick auf die geheimnisvolle Fremde zu erhaschen, die sehr hoch in der Gunst des Burgherrn stehen musste, wenn er für sie eine Brücke bauen ließ. Doch nicht einem gelang es. Rosalie blieb in ihrem Gemäuer und verarbeitete ihre gesammelten Schätze aus der Natur.

Am Abend kam Luciano, um sowohl die Qualität der Brücke zu überprüfen als auch um noch einige Gaben zu bringen, die sein Herr aus Dankbarkeit gestiftet hatte. Rosalie hatte Pauli bereits gefüttert und die gekochten Maroni waren gerade zur rechten Zeit gar geworden. So konnte sie auf den wunderschönen neuen Holztellern gleich die einfache Mahlzeit servieren, die der junge Ritter gern annahm.

Heute brannte ein größeres Feuer, denn Rosalie hatte all die Holzreste eingesammelt, die vom Brückenbau übrig geblieben waren.

„Raccontare! (Erzählen!)", bat Rosalie, weil sie die tiefe Stimme des Ritters so sehr mochte. Vielleicht gelang es ihr ja auch, einige Worte zu verstehen.

Luciano überlegte kurz, schmunzelte, dann begann er, betont langsam zu sprechen. Auch mit Händen und Füßen, damit sich Rosalie zusammenreimen konnte, was er ausdrücken wollte. Er sprach über das Geld, das sie gefunden hatte und über „parola d'onore", also ein Ehrenwort, das der Admiral heute einlösen musste.

Im Jargon des 21. Jahrhunderts hatte sie diesem buchstäblich den Hintern gerettet. Das erklärte auch, warum der Finderlohn derart fürstlich ausgefallen war. Auf dem Heimweg hatte der Admiral seinen eigenen Umhang und Becher an Luciano übergeben, der beides sofort per Befehl am Häuschen deponieren musste.

Rosalie versuchte zu erklären, wie sie hierher geraten war. Die Worte forsta (Wald), fungi (Pilze) und nebbia (Nebel), gepaart mit Gesten und reichlich Mimik ließen Luciano ahnen, dass sie, wie er vermutet hatte, aus einer anderen Zeit gekommen scin musste. Er fragte nach dem Jahr und sie malte 2018 auf den Boden.

Luciano hob den Zeigefinger und nickte heftig. Ja, das bestätigte seine Vermutungen. Er zeigte auf ihren linken Arm, wo er die Uhr gesehen hatte, in der er nun natürlich auch keinen bloßen Schmuck mehr vermutete. Möglich, dass er schon einmal eine Uhr mit Spindelhemmung gesehen hatte. Die waren ja in seinem Jahrhundert erfunden worden. Als Angehöriger einer Herrscherdynastie hatte er sicher Zugang zu den Wundern der Technik. Die Visconti in Mailand besaßen Uhren mit ausgefeilter Technik, wie Rosalie aus alten Berichten wusste.

Sie schob den Ärmel hoch und erklärte betrübt: „guasto (kaputt)".

„Meraviglioso (wundervoll)", murmelte Luciano trotz allem und staunte noch mehr, als sie ihm ihr Universaltaschenmesser zeigte und die Funktionen erklärte. Die winzige Schere amüsierte ihn sehr. Aber er lernte, sie zu achten, als er sich gewaltig in den Finger schnitt. Er fasste sogar scherzhaft nach seinem Dolch. Rosalie lachte übermütig.

Er war ein wundervoller Gesellschafter, der ihr das Gefühl gab, auch ihm etwas als Mensch zu bedeuten. Sie schaute lange hinterher, als er mitten in der Nacht davon ritt.

Handwerk hat goldenen Boden

Luciano grübelte über Rosalie nach. Er mochte den quirligen Eindringling, der Ordnung in seine Mühle, aber gleichzeitig sein Leben völlig durcheinanderbrachte. Unter anderen Umständen hätte er sich unsterblich in sie verliebt. Vielleicht tat er es ja auch gerade, ohne es selbst zu bemerken. Das Geheimnisvolle, das sie umgab, hielt ihn davon ab, sich ihr zu offenbaren.

Für ihn war sie ein Engel, der beim Sturz in diese Welt seine Flügel verloren hatte. Vielleicht war das der Grund, weshalb sie sich so rührend um die verletzte Fledermaus kümmerte, die auch nicht mehr fliegen konnte. Er fühlte sich vom Schicksal dazu ausersehen, Rosalie vor Gefahren zu beschützen, was er in jedem Augenblick tat, den er nicht seinem Befehlshaber widmen musste.

Rosalie hätte im Traum nicht daran gedacht, dass der stattliche Ritter Interesse an ihr haben könnte. Sicher gab es irgendwo eine wohlhabende Dame, die ihm versprochen, wenn nicht gar schon angetraut war. Und dann gab es auch noch Benno ...

„Es war einmal, in einer fernen, fernen Zeit." Sie seufzte und krallte sich an das Gestein der Fensteröffnung, als wolle sie es pulverisieren, dann wandte sie sich Pauli zu: „Komm her, mein Kleiner, Ich glaube ich habe da einen Falter gesehen, den du dir selber fangen kannst." Sie nahm Pauli an den Füßchen, hielt ihn an den Mauerspalt und freute sich, dass er zielsicher den dicken Schmetterling einkassierte.

Pauli versucht nicht einmal, nach seiner Pflegerin zu beißen. Möglich, dass er begriffen hatte, dass ihm von ihr keine Gefahr drohte. Und wer beißt schon, wenn er ein kluges Köpfchen hat, die Hand, die ihn füttert?

Rosalie wünschte ihm viel Spaß auf seinem nächtlichen Streifzug durch das Gemäuer, kuschelte sich in die Schaffelle und deckte sich mit dem Umhang zu. Dann träumte sie von Ritter Luciano, der ganz sicher nicht sabbernd vor einem Fernseher einschlafen würde.

Nein, ganz bestimmt nicht – er hatte kaum den Burghof erreicht, als die Runde der Ritter wissen wollte, ob er viel Spaß mit seinem Gast gehabt hatte.

„Natürlich hatte ich den!", rief er. „Nur nicht so, wie Ihr denkt. Ich würde es nicht wagen, sie anzurühren. Wir haben uns trotzdem glänzend unterhalten." Er verkniff sich jedes Wort darüber, dass er bei ihr an einen Zeitsprung glaubte. „Sie hat eine unglaublich lange Reise gemacht", sprach er weiter.

„Und, wie Ihr mit eigenen Augen an ihren Schuhen und der Kleidung gesehen habt, muss es auf der anderen Seite der Alpen Meister geben, die wahre Zauberer sind."

Oberto klopfte ihm blinzelnd auf die Schulter. „Euer Engel ist vielleicht keine Heilige, aber für mich etwas, das dem sehr nahe kommt. Ich will mir gar nicht vorstellen, was geschehen wäre, hätte den Geldbeutel ein anderer gefunden. Was braucht Ihr, um das Häuschen winterfest zu machen?"

„Ein Dach, eine Tür, einen Haufen Holz zum Heizen, Nahrung und vielleicht auch Kleidung. Ein Pergament zum Verschließen des Fensters, wenn es richtig kalt wird, wäre auch ganz hilfreich." Luciano schaute mit halb geschlossenen Augen in die Ferne. „Auch hat sie weder Tisch noch Stuhl. Sie hat sich Baumstümpfe in die Ruine gezerrt und Steine aufgeschichtet, um einigermaßen menschenwürdig zu leben."

„Dann holt sie doch hierher!"

Luciano schüttelte ganz langsam den Kopf. „Das würde sie nicht wollen. Aber ich werde sie trotzdem fragen."

Er sollte recht behalten. Ihr heftiges Abwehren wirkte ganz so, als habe er ihr angetragen, sie direkt aufs Schafott zu führen. Dabei hatte sie durchaus verstanden, dass sie nur den Winter auf der Burg verbringen sollte. Er hätte Gewalt anwenden müssen, um sie hier wegzubringen, und das widerstrebte ihm zutiefst.

„Accettato (akzeptiert)", murmelte er, weil er nichts anderes erwartet hatte.

Die hiesigen Temperaturen blieben meist im einstelligen Plusbereich, Frost gab es selten, aber Wind und Regen konnten auch harten Kerlen in die Knochen fahren, wenn sie solchem Wetter tagelang ausgesetzt waren. Sein Blick streifte den Trauring und den fragenden Blick beantwortete Rosalie mit dem hilflosen und deutlich ratlosen Heben der Schultern.

„Ti sta cercando? (Er sucht nach dir?)"

Weil sie nicht sicher war, wirklich verstanden zu haben, hob sie einige Dinge hoch, schaute darunter und schüttelte den Kopf.

„Sì. (Ja.)"

„No. (Nein.) Nein, er wird mich nicht suchen. Er wird erst merken, dass ich fort bin, wenn er selber putzen, waschen, einkaufen und kochen muss." Rosalie kämpfte mühsam die Tränen nieder.

Luciano wusste zwar nicht, was sie gesagt hatte, nur, dass sie völlig verzweifelt war. Sollte dieser Mensch hier auftauchen, dann werde er ihn notfalls ein halbes Klafter tiefer betten, als er zu liegen gewohnt war. Rosalie konnte dieses Versprechen auch ohne Worte und Gesten in seinen Augen lesen.

Diesmal strich ihr Luciano sanft über Haar, als er sich verabschiedete, rief Pauli ein: „Ciao, ragazzo! (Tschüß, Kleiner!)", zu und galoppierte in halsbrecherischem Galopp davon.

„Das war´s dann wohl", flüsterte Rosalie, den Tränen freien Lauf lassend.

Luciano hatte völlig anderes vor, als sich für immer zu verabschieden. Er wollte schlicht noch bei Tageslicht in Dolceacqua ankommen, um verschiedene Handwerker aufzusuchen, denen mit seinen Aufträgen goldene Tage ins Haus standen.

Drei Stunden später, als die ersten Sterne am Himmel standen, hörte Rosalie den Hufschlag dreier Pferde. Sie war mit einem Satz am Fenster. Es war Luciano mit zwei Packpferden und er band sie an der Brücke fest! Rosalie warf sich den Umhang über und eilte ihm entgegen.

„Va tutto bene? (Ist alles in Ordnung?)", fragte der junge Mann beunruhigt. Dann sah er Rosalies strahlendes Lächeln und musste herzlich lachen. Sie hob mit einem verlegenen Grinsen die Schultern. Luciano drückte sie liebevoll an sich, dann begann er, die Pferde abzuladen. Mehrere Krüge, Säcke und Bündel, deren Inhalt Rosalie neugierig machte. Sie

half, alles zum Haus zu tragen und dort sofort aus-
zupacken.

In einem der Päckchen fand Rosalie mehrere Blatt
Papier und ein verkorktes Tintenfässchen. Luciano
nahm es ihr ab und stellte es beiseite. Ihr enttäusch-
tes Gesicht ließ ihn aufhorchen. „Vuoi averlo? Cosa
vuoi fare con esso? (Möchtest du es haben? Was
willst du damit machen?)"

„Scrivere! (Schreiben!)" Rosalie zog aus einer
Nische eine Krähenfeder hervor, die sie bereits
angeschnitten hatte. Sie öffnete das Fässchen,
tauchte die Feder hinein, streifte sie ab und schrieb
in schwungvollen Buchstaben Rosalie auf das erste
Blatt. Daneben malte sie einen lächelnden Smiley.

Luciano war beeindruckt. Er kannte nicht viele
Frauen, die schreiben konnten. Rosalie wurde für
ihn immer mysteriöser und dadurch immer anzie-
hender. „È tuo. (Es gehört dir.)" Der Meister, der
Tinte und Papier herstellte, würde eben noch einmal
für ihn arbeiten müssen.

„Grazie mille! (Tausend Dank!)", jubelte Rosalie
und kam aus dem Staunen nicht mehr heraus, als
Luciano erklärte, was alles in den anderen Behältern
steckte.

Von Wein, über Öl, Essig, bis hin zu Mehl,
Schmalz und Würsten waren Lebensmittel vertreten.

Es gab ein Öllämpchen, damit sie nicht mehr im Finstern oder mit einer Harzfackel auf das stille Örtchen gehen musste. Und dann erzählte Luciano etwas von „riparazione", wobei er nach oben zeigte.

Doch erst am nächsten Tag dämmerte ihr, dass er vorhatte, nicht nur das Dach reparieren zu lassen. Denn es erschienen wieder mehrere Männer, die nicht nur Baumaterial für das marode Gebälk dabei hatten, sondern am Ufer Maße aufnahmen. Und sie begriff auch, dass sie in dem Augenblick, wo sie in der Lage war, Olivenöl herzustellen, einen Teil als Steuern an Luciano abgeben musste. Dafür, dass er sie so freundlich aufgenommen hatte, nur recht und billig. Von ihren Kräutermischungen für Tee nahm er jetzt schon hin und wieder etwas mit.

Als der Baulärm begann, wurde Pauli unruhig. Er bewegte hin und wieder seinen lädierten Flügel, der langsam aber sicher wieder seine Funktion aufnahm. Erfreut stellte Rosalie fest, dass sich der kleine Kerl zum Schlafen wieder in seine Flughäute wickelte und beim Herumturnen an den rauen Wänden mit beiden Flügeln balancierte, bis er in der Dämmerung plötzlich abhob und und zum Fenster hinaus huschte.

Im selben Moment breitete sich der Gedanke aus, nun wirklich allein zu sein. „Pass gut auf dich auf, mein kleiner Freund", flüsterte Rosalie, eine Träne wegwischend, die sich einfach so hervorgewagt hatte. Luciano konnte nicht jeden Tag kommen, zudem tuschelten die Leute bereits.

Als er nach vier Tagen sein Pferd an der Brücke festband, fiel ihm auf, wie blass Rosalie war. Sie würde doch nicht etwa krank werden? Das Dach war inzwischen dicht, es gab eine neue Tür und einen Fensterladen, den man schließen konnte, um die Wärme im Haus zu halten. Rosalie bedankte sich von ganzem Herzen und wirkte doch irgendwie bedrückt.

„Pauli!", rief Luciano im nächsten Augenblick, denn der Kleine war nirgends zu sehen.

Rosalie nickte traurig, machte mit beiden Armen Flugbewegungen, um dann gleich die zusammengelegten Hände an ihre Wange zu halten.

Aha, das Fledermäuschen war also fortgeflogen, um irgendwo bei seinesgleichen den Winter zu verschlafen und Rosalie fühlte sich einsam. Sie hatte sich in gigantische Betriebsamkeit gestürzt, in einem der inzwischen leeren Krüge Oliven in Salzlake mit Kräutern eingelegt, natürlich erst, nachdem sie sie lange genug gewässert hatte, um die Bitterstoffe auszuschwemmen.

Heute war eine große Forelle nicht schnell genug gewesen und brutzelte am Spieß über dem Feuer. Zudem war es ihr gelungen, etwas von ihrer unwiderstehlichen Kräuterteemischung gegen eine Zitrone zu tauschen, und so konnte sie dem staunenden Luciano ein richtiges Abendessen servieren.

Mitten in der Unterhaltung kratzte es ganz eigentümlich von außen am Fensterverschlag. Luciano öffnete ihn vorsichtig und schreckte zurück, als etwas herein huschte, dabei sogar noch sein Gesicht streifend.

„Das ist Pauli!", rief Rosalie. „Was macht er denn hier?"

Die Fledermaus umflatterte die beiden mehrmals, dann flog sie wieder hinaus. Luciano zog den Verschlag wieder zu und wechselte mit Rosalie erstaunte, aber auch besorgte Blicke. Es hatte ganz so ausgesehen, als habe sie Pauli auf etwas aufmerksam machen wollen. Sie liefen sogar zum Flussufer hinunter, um zu schauen, ob mit der Brücke alles in Ordnung sei!

Kopfschüttelnd verabschiedete sich Luciano. Sein Dienst für den Burgherrn ließ es nicht zu, länger zu bleiben. Er trabte mit einem ungutem Gefühl zurück nach Dolceacqua.

Eifersucht

Mit den Worten: „Signorina Giulia ist angekommen und wartet schon zwei Stunden", empfing ihn einer der anderen Edelmänner.

„Die fehlt mir gerade", schnaufte Luciano. Es war schon schlimm genug, dass er diese zickige Person aus machtpolitischen Gründen irgendwann heiraten sollte. Da musste sie ihm nicht hier noch auf die Nerven gehen.

„Wahrscheinlich hat sie der Dorftratsch hergelockt", fügte Mario hinzu, mit dem Kopf flussaufwärts deutend.

„Auch das noch!" Lucianos unwillige Miene verfinsterte sich zusehends.

Er hätte selber nicht sagen können, wie es ihm dennoch gelungen war, sie freundlich, wenn auch reserviert, zu begrüßen. Die Gerüchteküche schien ganze Arbeit geleistet zu haben, denn Signorina Giulia kam darauf zu sprechen, sie habe gehört, er baue die alte Mühle wieder auf.

„Das ist richtig", erwiderte Luciano kurz, ihr forschend in die Augen schauend.

„Ist sie schon wieder bewohnt?", bohrte Giulia weiter.

Sogar Oberto verengte die Augen zu Schlitzen. Signorina Giulia schien bestens informiert zu sein, auch wenn sie hier die Unwissende gab. Aber Luciano hatte, das glaubten im auch alle aufs Wort, keinen Grund, Giulia Geschichten aufzutischen.

So erklärte er: „Ja. Die Müllerin betreibt bereits einen kleinen Handel mit Kräutern, um darauf aufmerksam zu machen, dass es im nächsten Jahr auch wieder Öl geben wird. Den Tee, den Ihr vorhin so lobtet, hat sie gemischt."

Ein kurzes Zucken in den Mundwinkeln, dann hatte sich das Fräulein wieder im Griff. Die Frage, ob die Müllerin so hübsch sei, wie alle Männer im Ort erzählt hatten, verkniff sie sich nun. Luciano hätte die Frage mit Sicherheit wahrheitsgemäß mit ja beantwortet, so wie alle anderen Fragen vorher und ohne einen Wimpernschlag Verzögerung.

Ob er sie als hübscher empfand, als sie, die eigene Verlobte, war nicht relevant. Es reichte schon, dass er die Frau überhaupt als hübsch einstufte, um einen tiefen Groll gegen sie zu entwickeln.

Nur hatte man ihr auch zugetragen, dass die Fremde unter dem mächtigen Schutz des Burgherrn stand und mit dem wollte sie es sich nicht verscherzen. Aber fest stand, die Müllerin, die nicht irgendwer zu sein schien, weil sie sogar lesen und schreiben konnte, musste weg. Je eher, desto besser. Am wenigsten fiel das wohl auf, wenn sie noch in der heutigen Nacht tätig werden würde, denn damit rechnete niemand.

Obwohl es schon kurz vor Mitternacht war, ließ die Torwache Giulia passieren, die behauptete, sie könne nicht schlafen und wolle ein wenig durch das Terra zu Füßen der Burg wandeln. Kaum war sie in die Häuserschluchten der winzigen Gassen eingetaucht, hatte sie es sehr eilig. Sie überquerte die Brücke und trieb einen Handwerker aus dem Bett, der im Besitz eines Pferdes war.

Ein paar Kupfermünzen Schweigegeld und schon galoppierte sie das nächtliche Tal hinauf. Der Mond gab genügend Licht und verirren konnte man sich nicht, wenn man immer der Nervia folgte. Langsam reifte auch der Plan, wie und wo sie die vermeintliche Nebenbuhlerin loswerden konnte, ohne dass man Blutspuren oder sofort die Leiche fand. Eine halbe Stunde später klopfte sie bereits an die Tür der Mühle.

Rosalie hatte das Klopfen nur im Unterbewusstsein vernommen. Erst, als es energischer wurde, wachte sie auf. Sie spähte über den Fluss, sah ein Pferd stehen und ging davon aus, das der späte Gast Luciano sein müsse. Also öffnete sie die Tür und sah sich einem gezogenen Schwert und einem höllisch scharfen Dolch gegenüber.

Den oder, der Stimme nach, die Trägerin der Waffen hatte sie noch nie gesehen.

„Vieni! (Mitkommen!)", befahl die Bewaffnete und trieb Rosalie vor sich her über die Brücke. Sie sprang aufs Pferd, trat Rosalie in den Rücken und zwang sie so, mehrere hundert Meter die Straße am Fluss hinauf zu laufen. Wenn Rosalie im Schlamm ausrutschte und stürzte, lachte die Fremde jedes Mal schrill und schadenfroh. Schließlich band sie das Pferd an einen Strauch, zeigte mit dem Dolch den Hang hinauf und folgte ihrer Gefangenen, die nicht einen Versuch unternahm, sich zu wehren, was wohl auch ziemlich sinnlos gewesen wäre.

Dann stieß sie Rosalie zu Boden und hob das Schwert. Rosalie wartete gefasst auf das Ende, ihrer Peinigerin direkt in die Augen schauend, die im Mondlicht vor Mordlust funkelten. Noch bevor die Waffe herunter sauste, geschah etwas Seltsames – die Augen der Frau weiteten sich, nahmen zuerst einen ratlosen, dann panischen Ausdruck an. Sie ließ das erhobene Schwert hintenüber fallen, unfähig den Blick von dem zu wenden, was sie entdeckt hatte.

Da hüllte auch schon eine feuchte Kühle Rosalie ein, die genau dies schon einmal gespürt hatte. Nur, dass hier der zähe Nebel rasch vorbei zog und nach wenigen Sekunden den Blick auf das Tal wieder freigab.

Die Bewaffnete war fort, der Fluss ebenso und auch die Maronenbäume und Zypressen. Rosalie saß im heimischen Zeisigwald, war von oben bis unten mit Lehm beschmiert und fror, völlig durchnässt, jämmerlich.

Sie tastete in ihrer Jackentasche herum, erwischte den Autoschlüssel, den sie nie herausgelegt hatte und ging im Licht der Sterne auf Suche nach ihrem Wagen. Er wartete noch genau da, wo sie ihn verlassen hatte, sprang beim ersten Versuch an und trug sie nach Hause.

Als sie die Wohnungstür aufschloss, stand Benno im Flur, schaute sie von oben bis unten an und grummelte: „Du hast doch ein Rad ab, dich bei dem Wetter den ganzen Tag im Wald rumzudrücken und dann noch nicht mal Pilze mitzubringen!"

Ja klar. Willkommen zu Hause. Rosalie zog sich aus, nahm den Wischeimer und putzte den vor Bier klebenden Fußboden. Dabei dachte sie: *Es war einmal ein stattlicher herzensguter Edelmann ...*

Und diesem geschah es, dass mitten in der Nacht eine Fledermaus in sein Schlafgemach flog und so lange fiepte und flatterte, bis er endlich hellwach geworden war. „Pauli!? Was tust du denn hier?!" Der ungewöhnliche Gast umkreiste ihn mehrmals, dann verschwand er durch das Fenster in die Dunkelheit.

In Lucianos Kopf gingen alle Warnsysteme gleichzeitig an. Er sprang aus dem Bett, kleidete sich eilig an, riss die Waffen an sich und rannte zu seinem Pferd.

„Wenn Ihr Signorina Giulia sucht, die ist zu Fuß im Terra unterwegs", verriet ihm der Torwächter.

Luciano zügelte sein Pferd. „Sagt das noch einmal!"

„Die Signorina ist im Terra auf nächtlichem Spaziergang."

„Seit wann?"

„Drei Stunden schon."

Luciano ritt über die Brücke. Der Hufschlag seines Pferdes lockte den Händler hervor, in der Annahme die Dame brächte das geliehene Tier zurück.

Augenblicke später galoppierte der junge Ritter davon, um das Schlimmste zu verhindern, so er noch rechtzeitig die Mühle erreichte. Er rannte über die Baumstammbrücke, bemerkte die offene Tür und kehrte sofort zu seinem Pferd zurück. Die weiterführenden Hufspuren und die Abdrücke kleiner Füße mussten also zu Giulia und Rosalie gehören.

Er gewahrte die Stellen, wo Rosalie gestürzt war, knirschte mit den Zähnen und gab dem Pferd die Sporen. Das ängstliche Wiehern und Schnauben des anderen Rosses warnte ihn nach wenigen Augenblicken. Er sprang ab, tätschelte dem Zossen den Hals, um ihn zu beruhigen, und hielt Ausschau nach den beiden Frauen.

Zuerst hörte er gar nichts, dann ein schrilles Lachen, welchem er folgte. Er entdeckte Giulia, die mit wirrem Haar und irrem Blick an einen Baum gelehnt saß, abwechselnd lachte, schrie, weinte und offensichtlich durch einen Schock den Verstand verloren hatte. Sie wiederholte ständig das Wort „Nebbia (Nebel)", wobei sie sich vor Grauen schüttelte.

Luciano beruhigte sich etwas. Rosalie hatte von einem Nebel erzählt, der sie hierher gebracht hatte. Wahrscheinlich hatte sie derselbe Nebel nun wieder abgeholt, um sie vor dem Tod zu bewahren, und dabei gleich Giulias Verstand mitgenommen.

„Man soll sich eben nicht versündigen, meine liebe Giulia. Ihr habt die passende Strafe erhalten und ich bin frei vom Eheversprechen." Er packte sie am Arm und flüsterte in den Wald: „Ich wünsche dir Glück auf allen deinen Wegen, geliebte Rosalie." Luciano zerrte Giulia vom Berg herab, hievte sie aufs Pferd, und ritt langsam, ihr Tier am Zügel führend, zur Burg zurück. Unterwegs flatterte Pauli auf ihn zu, krallte sich kopfüber an seinem Umhang fest, ganz leise vor sich hin fiepend.

„Ist schon gut, mein Kleiner. Rosalie ist bestimmt wieder da, woher sie kam. Ich werde an ihrer statt gut auf dich aufpassen. Du kannst dir in der Burg ein ruhiges Plätzchen suchen und niemand wird dich stören. Ich verspreche es dir."

Und das hielt der junge Edelmann auch zeitlebens ein.

Herausforderungen

Mit der Geschichte vom edlen Ritter und seiner eifersüchtigen Braut, denn Rosalie war sich ganz sicher, genau die kennengelernt zu haben, punktete sie auf den nächsten Wettbewerben, denn sie konnte besonders plastisch erzählen, weil sie es ja selber erlebt hatte.

„Hat er sie dann geheiratet?", fragten einige Kinder besorgt.

„Ganz bestimmt nicht", erwiderte Rosalie mit fester Stimme, obwohl sie nicht wusste, dass Giulia eine furchtbare Strafe vom Schicksal bekommen hatte. Aber sie hätte wohl auch kaum Mitleid gehabt, schließlich wäre sie um ein Haar von dieser Furie geköpft worden.

Ein kleiner Junge schaute finster vor sich hin. „Und was ist aus der Fledermaus geworden?"

„Die wird zu Luciano in die Burg geflogen und für immer dortgeblieben sein. Ihr habt doch bestimmt schon gehört, dass diese Tiere solche Gemäuer lieben und sich gern darin verstecken."

„Hast du die Burg von Admiral Doria schon mal gesehen?", wollte die nächste wissen.

„Ja, das habe ich. Ich bin auch im Terra gewesen, den wundersamen engen Gassen unterhalb der Burg.

Aber Giulia, Luciano und den kleinen Pauli habe ich dort nicht getroffen."

„Ist ja auch schon lange her", stellte ein Mädchen fest.

„Ja, das ist wahr. Das 13. Jahrhundert ist schon sehr lange her." Rosalie strich der Kleinen übers Haar, wie es Luciano mit ihr gemacht hatte.

Die Erinnerung an den ehrenhaften Ritter werde sie bis an ihr Lebensende begleiten. Bis dahin würde sie aber auch Benno am Hals haben, wenn sie nicht irgendwann die Notbremse zog. Sie hoffte auf ein Wunder. Aber selbst dann war garantiert wieder jemand zu Stelle, der ihr die Freude vergällte.

Im Augenblick versuchte sie, Benno möglichst oft aus dem Weg zu gehen, um sich nicht in sinnlosen Streitereien aufzureiben. Wenn der Fernseher plärrte, stülpte sie Kopfhörer über und lauschte Vivaldis *Vier Jahreszeiten*. Wenn er in Bierstimmung die liebevoll zubereiteten Mahlzeiten als „Fraß" deklarierte, hörte sie darüber hinweg und wenn er das Essen ganz ignorierte, frostete sie es ein, um es später zu erhitzen, wenn Zeitdruck herrschte. Aber Benno fiel immer etwas Neues ein, um Rosalie das Leben zur Hölle zu machen.

Und plötzlich begannen wieder die schlaflosen Nächte, das Rufen und Wispern, als sei es nicht schon genug, dass sie am Tag keine Ruhe finden konnte.

Samstags fuhr sie am ganz frühen Morgen stets ins Einkaufszentrum Sachsenallee, um dem üblichen Getümmel zu entgehen. Das Wetter spielte keine Rolle, so die Straßen nicht gerade spiegelglatt gefroren waren. Diesmal überlegte sie allerdings lange, ob es nicht sinnvoller wäre, Starkregen und Gewitter zu Hause auszusitzen. Andererseits konnte sie das auch dort tun, und dann ganz entspannt zurückfahren.

Also Schirm auf und im Galopp die Stufen zum Parkplatz runter rennen, ab ins Auto und mit höchster Scheibenwischerstufe vom Hof zuckeln. Straßenverkehr gegen null, denn die meisten hofften wohl, das nasse Chaos, das seit Stunden tobte, werde bald enden. Es krachte, blitzte und schüttete unaufhörlich, als hätte einer die schwarzen Wolken am Himmel über Chemnitz festgetackert.

Rosalie war die Erste und Einzige auf dem Parkdeck. Kopfschüttelnd stieg sie aus und schloss die Autotür. Sie nahm den Beutel mit dem Leergut aus dem Kofferraum und zog die Heckklappe herunter. „Jetzt übertreibst du aber", lachte sie, als es genau in dem Augenblick, wo diese zuschnappte, am Himmel heftig rumste.

Das Unwetter tobte mit solcher Kraft, dass es stockdunkel war und die Straßenlaternen gar nicht zu existieren schienen. Der Orkan blies den Regen sogar bis dahin, wo Rosalie parkte. In dem Moment, als sie auf die Taste zum Verriegeln des Wagens drückte, gab es einen Donnerschlag, der das ganze Parkhaus erzittern ließ. Zeitgleich verloschen die Neonröhren und Rosalie stand in der finstersten Schwärze, die sie je gesehen hatte.

Das Licht ging auch nicht wieder an.

„Was wird das denn?", murmelte sie, zwischen wieder einsteigen und wegfahren oder sich zum Eingang tasten schwankend.

Der Fluchtgedanke überwog. Sie drückte die Entriegelungstaste. Das gewohnte schnappende Geräusch blieb aus und sie versuchte es noch einmal. Wieder nichts.

„Okay, okay, dann schließe ich diesmal eben altmodisch auf", flüsterte sie beunruhigt, mit der Hand nach der Klinke suchend.

Das, was sie unter den Fingerspitzen fühlte, war aber alles andere, als glatter Autolack. Das war ... das war ... „Sandstein!", platzte Rosalie heraus.

Ein Ding der völligen Unmöglichkeit, denn das Parkhaus bestand aus Beton und sie hatte sich zudem keinen Schritt von der Stelle gerührt.

Der nächste Blitz erhellte die Umgebung in stroboskopartigem Zucken und Rosalie klappte die Kinnlade buchstäblich bis auf die Schuhe herab. Sie stand vor irgendeinem Felsmassiv, an dem der Regen fast wie ein Wasserfall herab rauschte. Sie hatte aber auch einen kleinen Überhang erkannt, zu dem sie sich jetzt vortastete.

„Herzlich willkommen im Irrenhaus. Ihr Psychiater erscheint in wenigen Minuten", brummte sie, es sich unter dem Vorsprung gemütlich machend. *Was haben wir denn diesmal im Angebot? 13. Jahrhundert oder noch schlimmer?* Sie stoppte fast entsetzt das Gedankenkarussell. Was, wenn sie in der Zeit und an einem Ort intensiver Inquisition gelandet wäre? Die ging im 12. Jahrhundert los und zog sich bis zum 18. Jahrhundert.

Denn, dass es wieder irgendeinen merkwürdigen Sprung in Zeit und Raum gegeben hatte, war ihr klar. Sie versuchte, sich zu erinnern, womit sie sich zuletzt intensiv beschäftigt hatte.

Mittelalter. Aber eben immer so, dass sie das unangenehme Thema aussparen konnte. Sie hatte über Badehäuser recherchiert und deren Niedergang, als das Holz knapp wurde, über die Verbreitung von Krankheiten wegen mangelnder Hygiene beim Schröpfen und über das Wissen der Kräuterkundigen. Das hatte sie ja schon als Kind interessiert und Großmutter hatte es in jeder Weise gefördert.

Als der Regen endlich aufhörte, kroch Rosalie aus ihrem Unterschlupf und schaute sich um. Die Gegend kam ihr seltsam bekannt vor. Aber natürlich! Das war die Zeughausstraße und in diesem Felsen musste die Pulverkammer sein. Eigentlich. Rosalie vermutete, in einer Zeit hier angekommen zu sein, wo die Kammer noch gar nicht angelegt worden war, also möglicherweise auch lange vor der Erfindung des Schwarzpulvers. Das hieß dann wohl, irgendwann vor dem Jahr 1000.

Statt der Straße, die sie aus der Neuzeit kannte, gab es auch nur einen Trampelpfad, der kein reiner Wildwechsel zu sein schien. Der Starkregen hatte den Boden so weit aufgeweicht, dass keinerlei brauchbare Trittsiegel zu erkennen waren. In welche Richtung sollte sie gehen? Nach unten, wo ein Flüsschen zu finden sein musste, welches man in ihrer Zeit Kirnitzsch, und in den Gebieten, wo es entspringt, Křinice nennt? Oder lieber aufwärts, Richtung Teichstein?

Rosalie entschied sich instinktiv für die zweite Variante. Sie kannte das Terrain aus ihrer Kinderzeit und rechnete sich bessere Chancen aus, in Ruhe gelassen zu werden, als in Gegenden, wo vielleicht sogar schon erste Mühlen am Fluss entstanden. Sie fürchtete sich regelrecht davor, auf andere Menschen zu treffen.

Dem Hungergefühl nach musste es bald Mittag sein und sie wollte eine Bleibe finden, die einigermaßen sicher vor Raubtieren war. Sie erinnerte sich an Wölfe und Bären, die es in früheren Jahrhunderten, also womöglich gerade jetzt, hier gegeben hatte. Schließlich hatten die Bärenfangwände ihren Namen von Bärenfallen, die man dort anlegte.

Der kleine Talkessel, in dem sich in der neueren Zeit ein paar abgeschiedene Häuser befanden, lockte Rosalie erheblich mehr. Also wanderte sie dahin, wo auch der Teichstein sein musste, auf dem sie als Kind so gern herumgekraxelt war.

Wenn sie so darüber nachdachte, war sie auf diesem merkwürdigen Zeitsprung schlecht dran. Kein Taschenmesser, und damit kein Werkzeug, nur einen Beutel, der noch dazu aus Kunststoff war und voller leerer Flaschen steckte. Die man allerdings mit Wasser füllen konnte, um einen Vorrat zu haben.

Das tat Rosalie auch sofort mit einer großen Sprudelflasche. Der Bach plätscherte dort vor sich hin, wo er es auch in ihrer Zeit noch tat, war kristallklar und an seinem Ufer wuchs Brunnenkresse. Rosalie sammelte etwas davon ein.

Schade. Hätte ich mein Taschenmesser dabei, dann könnte ich eine der Flaschen durchschneiden und die Kresse wie in einer Schale feucht halten.

Hätte, wäre, wenn ... sie musste mit dem klarkommen, was sie hatte, und das war nicht viel.

Man konnte doch aber versuchen, eine Flasche mit einem Stein zu zerschlagen und hoffen, dass die Kunststoffsplitter scharfkantig genug zum Schneiden wären. Warum eigentlich nicht? Rosalie hielt Ausschau nach einem geeigneten Brocken. Entweder waren die Kandidaten zu klein, oder aber sie konnte sie nicht einmal anheben.

Ist ja wieder fantastisch! Langsam bekomme ich schlechte Laune.

Die besserte sich nur geringfügig, als sie einen ordentlichen Knüppel fand, mit dem man durchaus jemandem den Schädel einschlagen konnte. Der Gedanke war gut. Sie klemmte eine Flasche zwischen zwei Stämme und drosch mit dem Knüppel darauf ein. Ein paarmal flutschte das Behältnis einfach davon, ehe es sich dem Zorn Rosalies und der Wucht des Schlages beugte.

Die Bruchstücke erfüllten Rosalies Erwartungen in allen Punkten. Sie waren höllisch scharf und zwei Splitter machten ganz den Eindruck, als könne man sie mit einem provisorischen hölzernen Heft ver-

sehen, um sich nicht versehentlich selber die Puls-
adern aufzuschneiden, hantierte man mit ihnen.

„MacWildenstein hat wieder zugeschlagen",
kicherte sie, als das erste fertige Werkzeug vor ihr
auf dem Waldboden lag. Mit ein bisschen Birkenbast
ließ sich bindetechnisch so einiges machen. „Ja,
Großstadtkinder, da staunt ihr! Nur essentechnisch
sieht es bisher ziemlich mau aus."

Sie nahm den Knüppel auf und wanderte mit
ihrem Flaschensack weiter. Noch ein Paarhundert
Meter, dann tat sich der Talkessel vor ihr auf. Das
Unwetter, welchem sie es wohl verdankte, hier zu
sein, hatte am Waldrand ziemliche Verwüstung
geschaffen. Uralte, dicke Bäume lagen wild über-
einander.

Chaotisch, aber nützlich, überlegte Rosalie. *Wenn ich
nix anderes finde, dann suche ich mir dazwischen eine Not-
unterkunft.*

Nur mit einem Feuer gegen wilde Tier wurde es
schwierig. Das Holz war nass, das Gras auch und
ebenfalls die Stockschwämme an einem verrottenden
Baumstamm.

„Mir bleibt auch garnichts erspart", schnaufte sie,
sich in eine Lücke zwischen den Stämmen quet-
schend, wo sie nur nach einer Richtung nach großen
Störenfrieden Ausschau halten musste.

An Nachtruhe war so natürlich nicht zu denken. Aber sie dämmerte im Halbschlaf vor sich hin, schreckte immer wieder von Geräuschen auf, welche die unterschiedlichsten Tiere machten. Da war das eigentümliche Bellen eines wütenden Rehbocks, das Grunzen und Quieken von Wildschweinen, aber auch die Rufe mehrerer Eulenarten. Ein Huschen, Rascheln und Rennen, ein Klopfen und Flattern, als wollten sämtliche Tiere des Waldes herausfinden, wer sich in ihre grüne Wildnis verirrt hatte.

Sie glaubte sogar, ein langgezogenes Heulen gehört zu haben, das aber sehr weit weg war, und ihr sicher nicht gefährlich werden konnte. Obwohl ... Wölfe konnten in kurzer Zeit riesige Strecken zurücklegen.

War wohl doch eine Scheißidee, nicht ins Kirnitzschtal zu gehen, hämmerte es in ihrem Kopf. *In irgendeinem frühen Jahrhundert allein im tiefen Wald, ohne Waffen, ohne Schutz – so was Blödes kann auch nur mir einfallen.*

Wenigstens fand sie ein paar Walderdbeeren, die den wütenden Magen etwas beruhigten. Mehr war beim besten Willen nicht zu haben. Zwei Wildbienennester lagen so hoch in Baumstämmen, dass jeder Versuch, an den Honig zu gelangen, sinnlos gewesen wäre.

Als sie eine dicke Haselnussrute fand, die das Unwetter vom vergangen Tag vom Strauch gebrochen hatte, leuchteten ihre Augen auf. Es gelang ihr sogar, das Holz ein Stück längs zu spalten und einen ihrer scharfen Kunststoffsplitter wie eine Speerspitze einzupassen. Frischer Birkenbast hielt das Ganze recht passabel zusammen.

„Bast, mein einziger Freund in dieser beschissenen Situation", murmelte sie vor sich.

Als sie an den Raubritter von Winterstein dachte, der in der Nähe des Zeughauses gelebt hatte und aus einem Brunnen an der Kirnitzsch sein Trinkwasser holte, wurde ihr flau im Magen. Der war sicher kein solch ehrenwerter Edelmann wie Luciano, sonst wär er bestimmt nicht Raubritter geworden.

Nichts wie weg! Sie fiel hin und wieder sogar in Laufschritt. Andererseits ... wer weiß, auf wen sie im Tal treffen werde ... Egal, wer es war, sie war ihm auf Gedeih und Verderb ausgeliefert. Also zwang sie sich zur Ruhe, füllte mehrere Flaschen mit Wasser und kaute auf den unteren süßen Enden von Grasstängeln herum, weil sie noch immer gewaltigen Kohldampf schob.

Wenn sie sich geschickt anstellte, konnte sie mit ihrem Speer in der Kirnitzsch vielleicht Forellen fangen. In Ermangelung von Feuer musste man die eben als Sushi essen. Sie grinste bei diesem

Gedanken. Und noch mehr, als ihr Gollum mit seinem rohen Fisch einfiel.

Recht schnell wurde sie wieder ernst. Ihre Situation war alles andere als rosig. Aber sie hörte schon das Rauschen des Wildbaches, der in einigen Jahrhunderten zum Flößen diente und in der neuen Zeit sogar als Austragungsort für Meisterschaften der Wildwasserkanuten. Dass sie auf eine asphaltierte Straße treffen werde, hatte sie zwar nicht erwartet, aber auch nicht einen derart schmalen Weg. Hier konnte sicher nicht mal einer mit einem Pferdewagen fahren.

Um Gottes willen! In welcher Zeit bin ich nur gelandet? Hoffentlich kommt nicht noch ein T-Rex um die Ecke!

Pflanzen, Vögel und Insekten machten aber Hoffnung, nach der Eiszeit hier im Gebirge angekommen zu sein. Die Frage war nur, wie lange danach.

Als sich der bohrende Hunger wieder meldete, begann Rosalie nach Fischen Ausschau zu halten. Ihre Jagdtaktik, durch das ins Wasser hängende Gras die Tiere am ruhigen Rand des Gewässers zu speeren, erwies sich als perfekt und nach wenigen Augenblicken zappelte eine fette Forelle an der Waffe. Rosalie nahm den Fisch aus, zog die Haut ab und schnitt das Fleisch in hauchdünne Scheiben. Noch frischer ging Sushi gar nicht.

Sie aß langsam, kaute gut und trank immer wieder einen Schluck Wasser dazu. So konnte man durchaus überleben, wenn alle anderen Stränge rissen. Auf der weiteren Wanderung fand sie sogar einen Felsspalt, der schon einer kleinen, aber geräumigen, Grotte glich, und den sie sich als Behausung auserwählte. Sie schuf sich einen kleinen Feuerplatz direkt vor dem Eingang, sammelte Bruchholz, Zunderschwämme und trockenes Gras. Nur Steine zum Feuerschlagen fand sie nicht.

Dafür einen umgestürzten hohlen Baumstamm mit einem Bienennest. Ihr gelang es sogar, eine große Wabe zu erbeuten, ohne gestochen zu werden. Dafür musste dann noch eine Plastikflasche dran glauben, die sie vorsichtig auseinandersägte, um den vielen Honig vernünftig deponieren zu können.

Auf der anderen Seite des Baches erstreckte sich in einer Senke eine Wiese, auf der sie in der Dämmerung unzählige Fledermäuse bemerkte. Die relativ großen Tiere flogen nur einen Meter hoch und manchmal standen sie sogar im Rüttelflug auf der Stelle. Dann schlugen sie zu, verschlangen ihre Beute und huschten weiter im Tiefflug über das Gras.

Wegen der Technik des Beutefangs hielt Rosalie die Fledertiere für Große Mausohren. Sie wusste, dass diese Art recht oft einige Kilometer zwischen

Schlafplatz und Jagdhabitat zurücklegen konnte. Und wie sie es auch in Ligurien beobachtet hatte, machten Nachtvögel Jagd auf die Fledermäuse.

Am nächsten Morgen balancierte sie über einen Baumstamm aufs andere Ufer, um zu schauen, ob es essbare Pflanzen oder andere nützliche Dinge zu holen gäbe. Sie hätte ja gern Weidenruten mitgenommen, nur war denen, ohne geeignetes Werkzeug, nicht beizukommen. Auf der Wiese wuchsen zwar unzählige Pflanzenarten, aber Sauerampfer war wohl das Einzige, von dem Rosalie wusste, dass man es roh verzehren konnte. Ein paar Schritte vom Waldrand entfernt lag etwas auf dem Boden, das sie zuerst für eine tote weibliche Schwarzdrossel hielt. Beim Näherkommen stellte sie fest, dass es weder eine Drossel noch tot war.

„Ein Pauli", rief Rosalie überrascht aus und berichtigte im nächsten Moment: „Diesmal eine Pauline. Ihr macht es euch wohl zur Spezialaufgabe, euch von mir aufpäppeln zu lassen? Hoffentlich bringst du mir auch Glück, wie dein Kumpel aus dem 13. Jahrhundert."

Sie warf ihre Jacke über die zappelnde Fledermaus, die sich offenbar auch den Flügel gebrochen hatte und nur durch einen Zufall den hungrigen Räubern der Nacht entgangen war.

„Komm mit, gemeinsam erträgt sich die ganze Scheiße viel leichter", schlug Rosalie vor, das Tier aus einem hohen Grasbüschel befreiend, in dem es sich hoffnungslos verfangen hatte.

Die nette Einladung konnte Pauline auch nicht ablehnen, weil Rosalie sie fest gepackt hielt, um nicht gebissen zu werden. Ein paar Minuten später hing sie in Rosalies Versteck, beruhigte sich schnell und schlief ein. Der Findling war eindeutig ein Großes Mausohr.

Ab, auf die Wiese und Käfer fangen, schmunzelte Rosalie, den Gedanken Taten folgen lassend. Nach einer Stunde fühlte sie sich intensiv beobachtet. Sie blieb hocken und spähte kaum merklich umher. Es war nichts Ungewöhnliches zu sehen, nur das Gefühl wuchs, angestarrt zu werden. Ob Mensch oder Tier konnte sie nicht herausfinden.

Vorsichtshalber fing sie noch zwei Forellen, um sich auf unbestimmte Zeit in ihrem Felsspalt verbergen zu können.

Ein unerwarteter Gast

Bei ihrer Rückkehr kümmerte sie sich zuerst um Pauline, die auch mehrere Minuten brauchte, ehe sie das erste Insekt annahm, das ihr Rosalie vor das Mäulchen hielt. Dann kam Rosalie kaum mit dem Füttern nach. Pauline schien ein Fässchen ohne Boden zu sein. Anders als Pauli, unternahm sie keinerlei Versuche, sich von der Stelle zu bewegen. Vielleicht war sie ja doch schwerer verletzt, als es auf den ersten Blick ausgesehen hatte.

Dann schaute Rosalie immer wieder hinaus, mit dem miesen Gefühl, belauert zu werden. Von hier oben konnte sie sogar ein Stück der Wiese überblicken. Gestern waren, als die Fledermäuse weg flogen, zwei Rehe zum Äsen gekommen.

Auch heute bewegte sich etwas auf der Wiese. Es war breit und kompakt, schien vier Beine zu haben und ein dickes Fell. Wildschweine sahen anders aus, grübelte Rosalie. Wölfe aber auch. Sollte das da draußen etwa ein kleiner Bär sein? Sie nahm ihren Speer zur Hand, um sich notfalls wehren zu können.

Das Tier kam sehr, sehr langsam, aber schnurgerade auf die Stelle zu, wo sie ihren Unterschlupf hatte. Es bewegte sich seltsam, irgendwie ruckartig, statt fließend und mit Pausen zwischen den einzelnen Schritten. Auch machte es merkwürdige Geräusche, je näher es kam. Das war weder Fauchen noch Knurren. Rosalie hätte es sogar als Stöhnen bezeichnen wollen. Es erreichte den Baumstamm, schleppte sich quälend langsam auf das andere Ufer und brach zusammen.

Rosalie schüttelte heftig den Kopf. *Nicht noch ein verletztes Tier!*

So groß wie das war, musste es sicher gefährlich sein. Sie blieb in ihrem Spalt und beobachtete eine Weile das Wesen, welches sich nicht mehr rührte.

„Konntest du nicht auf dem anderen Ufer sterben? Wer weiß, welches Viehzeug jetzt kommt, um dich zu fressen!", murmelte sie vorwurfsvoll.

Als der Mond hinter den Wolken hervorlugte, lag das Tier noch immer unbeweglich und schließlich siegte Rosalies Neugier. Wenn es tot war, würde es nicht mehr beißen. Und wäre es noch nicht tot, genügte vielleicht der Speer, ihm den Rest zu geben. Sie huschte hinaus, schlich sich an und stieß den Kadaver vorsichtig mit ihrem Speer an.

„Au!"

Rosalie schrie überrascht auf, machte einen riesigen Satz zurück, rutschte aus und fiel rücklings in einen Strauch, während sich das, was sie als Tier angesehen hatte, aufzurappeln versuchte.

Stöhnend blieb es liegen und hauchte etwas, das wie „Wasser, Wasser" klang.

„Ähh, ja, ja, gleich. Bin gleich wieder da", stammelte Rosalie, rannte zu ihrer Höhle, um eine Wasserflasche zu holen.

Als sie zurückkam, hielt sie noch immer krampfhaft ihren Speer fest, während sie mit der anderen Hand versuchte, die auf dem Bauch liegende Person umzudrehen.

Zwischen schmerzerfüllten Stöhnen schien sie die Worte: „Hilf mir", gehört zu haben, legte nun doch ihre Waffe weg und wälzte den Fremden herum. Das Mondlicht traf auf ein bleiches, bärtiges Gesicht, mit fest geschlossenen Augen.

Rosalie schraubte die Flasche auf, versuchte, den Kopf des Fremden anzuheben und ihm Wasser einzuflößen. Als die ersten Tropfen aus der Öffnung rannen, begann er gierig zu schlucken. Irgendwann öffnete er sogar die Augen, um mit Blicken seiner Retterin zu danken.

Die betrachtete den Fremden ungeniert neugierig. Er trug einen Umhang aus verschiedenen Fellen, sodass er, auf dem Bauch kriechend, eben auch wie ein Tier ausgesehen hatte. An einem Gürtel trug er ein kurzes Schwert und einen Dolch, die beide wie Bronze schimmerten. Er schien also nicht irgendein

Vagabund zu sein. Dann entdeckte Rosalie einen Schnitt oder Riss in seinem Gewand und darunter eine klaffende Wunde im Brustbereich.

„Sieht böse aus", murmelte sie.

„Hilf mir", stöhnte der Fremde erneut, wobei er sie flehend ansah.

Seine Aussprache klang sehr altertümlich und Rosalie war nicht einmal sicher, die Worte richtig zu deuten.

„Ich bringe dir etwas zu essen", erklärte sie, und lief wieder zur Grotte hinauf.

Der Fremde folgte ihr mit den Augen. Die leuchteten freudig auf, als sie mit den beiden Forellen zurückkam. Sie setzte sich zu ihm und begann, mit ihrem Plastikmesser dünne Streifen zu schneiden, mit denen sie ihn fütterte. Hin und wieder aß sie selbst einen Happen.

Es dauerte bis zum Morgen, ehe er sich so weit erholt hatte, dass er sich mit ihrer Hilfe die wenigen Schritte bis vor die Grotte hinaufschleppen konnte. Dort schaute sich Rosalie die Verletzungen an. Die Wundränder wirkten eher zerrissen, als zerschnitten und sie fragte: „Wer war das?"

Das Wort, mit dem er antwortete, verstand sie nicht und so machte er Grunzgeräusche, wobei er zwei Mal alle zehn Finger in die Luft hielt. Er war also, warum auch immer, in eine Rotte Wildschweine geraten, von denen ihn eins mit seinem Hauer übel zugerichtete hatte.

Rosalie hätte Mullkompressen und sterile Binden gebraucht. Dinge, von denen man in seiner Zeit sicher nichts wusste. Sie hatte aber gehört und gelesen, dass Honig steril war, und schon in grauen Vorzeiten als Heilsalbe eingesetzt wurde. Ehe sie gar nichts tat, um die übel aussehende Wunde zu versorgen, wollte sie es lieber so versuchen.

Beim Anblick des Honigs leuchteten seine Augen auf. „Gut, gut!", was Rosalie sehr beruhigte.

Sie trug den Honig dünn und großflächig auf, um alles mit dem feuchten Birkenbast abzudecken, damit weder Ameisen noch Fliegen sofort durch den süßen Geruch angelockt wurden. Der Fremde nickte zufrieden. Er war froh, überhaupt Hilfe zu bekommen und auch, dass die Frau vor ihm genau zu wissen schien, was sie tun musste.

Als Rosalie in die Grotte deutete, nahm er das Angebot dankend an. Erstaunt bemerkte er die verletzte Fledermaus. Rosalie stellte sich mit ausgebreiteten Armen vor das Tier, um zu demonstrieren, dass es unter ihrem Schutz stand.

Der Fremde lächelte beruhigend, legte sich ächzend nieder, um sofort in einen tiefen Schlaf zu sinken. Rosalie kratzte sich am Kinn. Plötzlich war sie dafür verantwortlich, drei hungrige Mäuler zu stopfen und ganz nebenbei auch noch für Sicherheit zu sorgen. Wenigstens wurde ihre Hilfe dankend angenommen. Etwas, das Benno nie getan hätte. Der konnte nur maulen, egal was sie machte.

Rosalie nahm ihren Speer und zog auf Fischfang. Dabei füllte sie gleich noch ein paar Flaschen mit Wasser. Heute wirkte der Fremde erheblich fitter, als in der Nacht zuvor, wo sie fast sicher gewesen war, eine Leiche vor sich zu haben. Er setzte sich auf, als sie schwer beladen den kleinen Hang zur Höhle hinauf kletterte. Das Lächeln, mit dem er sie empfing, machte ihn sympathisch.

Rosalie lächelte zurück, dann schaute sie nach Pauline, die noch immer am selben Platz vor sich hin schlummerte. Der Fremde beobachtete interessiert, wie liebevoll sie sich um das verletzte Tier kümmerte. Gerade eben kratzte sie die Exkremente weg, um den ätzenden Geruch loszuwerden.

Dann setzte sie sich zu dem Fremdling. „Wie heißt du? Wie ist dein Name?" Sie zeigte auf sich. „Ich bin Rosalie."

„Bernhard", hörte sie ihn sagen.

Sie packte die Forellen aus dem Beutel.

„Hast du kein Feuer?", fragte Bernhard, als sie die Tiere wieder roh verspeisen wollte.

„Nein. Ich habe es nicht geschafft, Feuer zu machen", antwortete Rosalie betrübt.

Er begann mit einer Hand, seine Kleidung abzutasten, dann schaute er sich suchend um. „Ich hatte ein Säckchen ..." Plötzlich fiel ihm ein, dass er sich ohne seine Habe über die Wiese geschleppt hatte. Er schloss die Augen und flüsterte: „Ich musste alles am Waldrand liegen lassen."

„Hier am Waldrand?" Rosalie zeigte auf die Wiese.

„Ja, an einem Haselstrauch."

„Ich werde es suchen." Noch ehe er etwas erwidern konnte, war sie aufgesprungen und losgelaufen.

Es gab nur drei Haelsträucher. Aber die standen so weit entfernt voneinander, dass Rosalie beschloss, mit dem Erstbesten anzufangen. Der war nicht der Richtige. Auch der zweite Strauch war es nicht. Blieb also nur noch einer. Und dort fand sie dann auch zwei Säcke, die zwar ein kräftiger Mann, nicht aber eine zierliche Frau wegschleppen konnte.

So trug sie Bernhards Habe in mehreren Etappen zum Bach, wuchtete sie mühsam über den Baumstamm und zerrte sie mit letzter Kraft den

Hang hinauf. Schwer atmend ließ sie sich einfach fallen.

„Danke", hörte sie ihn sagen und blieb wie tot mit geschlossenen Augen liegen. Ein sanftes Streicheln an der Wange weckte die müden Lebensgeister wieder. Bernhard hatte sich aus der Grotte geschleppt, um mit einer Hand in den Säcken zu kramen. Ob er die zweite zur Schonung oder wegen einer schwerwiegenderen Verletzung nicht einsetzen konnte, war nicht ersichtlich. Er förderte zwei Pyritknollen zutage, was Rosalie mit Jubel begrüßte.

Sie holte ihren Zunderschwamm hinzu, trockenes Gras und nach wenigen Augenblicken brannte ein Feuer. Bernhard hatte aber noch anderes dabei – nämlich ein Feuertöpfchen, das Rosalie nun gleich noch neu bestückte. Schließlich baute sie eine Halterung für die Zweige mit den Fischen über die Glut, nahm die Tiere aus, spießte sie auf und drehte sie immer wieder, bis sie gar waren. Dann ließen sie sich die schmackhaften Forellen auf der Zunge zergehen.

Bernhard beobachtete Rosalie unbemerkt. Es imponierte ihm, dass sie keines der neugierigen Weibsbilder war, die zuerst in seinem Eigentum gewühlt, ehe sie es zu ihm gebracht hätten. Sie wirkte auf ihn völlig fremdartig. Wie ein Wesen aus einer anderen Welt. Und vielleicht war sie das ja auch. Sie trug Schmuck, den ein Gott gefertigt haben musste, so filigran und zierlich war der und aus einem Material, von dem er wusste, dass es in seiner Heimat gar nicht vorkam, nämlich Gold.

Ihre Kleidung war auch alles andere, als normal für die hiesigen Frauen. Da waren Metalle an Stellen und in Funktionen, das konnte es eigentlich gar nicht geben. Und er wusste, wovon er sprach, als Bronzeschmied.

Aber das ahnte Rosalie nicht. Sie hielt ihn, wegen der gediegenen Ausstattung an Waffen und Gerätschaften, ganz einfach für einen sehr wohlhabenden Mann. Sie war inzwischen fast sicher, das Bronzezeitalter vor sich zu haben, nur nicht in welcher Phase. Obwohl sie wusste, dass gute Bronzeschmiede gesellschaftlich höchste Positionen erklimmen konnten, kam ihr dieser Gedanke vorerst gar nicht wirklich ins Bewusstsein.

„Heißes Wasser?", fragte er soeben und zeigte auf einen ihrer äußerst merkwürdigen Behälter, die ihm wie aus Eis geformt anmuteten.

Rosalie schüttelte betrübt den Kopf, zog einen kleinen Kunststoffsplitter hervor und warf ihn ins Feuer. Er glühte auf, begann zu stinken und sich zusammenzuziehen. Übrig blieb ein schwarzer, verkohlter Krümel, den Bernhard erschreckt beäugte.

Als Rosalie hilflos die Hände hob, fasste Bernhard wieder in einen der Säcke, um einen kleinen Kupferkessel hervorzuzaubern, den er ihr reichte.

„Fantastisch!", jubelte sie, rannte zum Bach und füllte den Kessel mit Wasser.

Als es zu sieden begann, warf sie Kräuter hinein und bald schon duftete es unwiderstehlich. So weit, so gut. Nur woraus sollten sie trinken, wenn doch der Kunststoff keine Hitze aushielt? Dieser Gedanke war ihr so deutlich ins Gesicht geschrieben, dass Bernhard hell auflachte. Er hatte, als sie am Bach war, zwei hölzerne Becher aus seinem Beutel genommen, die er ihr nun präsentierte.

Rosalie schöpfte sie im Kessel voll und genoss sowohl die wärmende Morgensonne als auch den heißen Kräutertrank. Das zufriedene Nicken Bernhards war die Krönung des Ganzen.

Ein wenig später nahm er Rosalies Hände, um nicht nur die Ringe genau betrachten zu können. Er glitt mit den Fingerspitzen an jenen Stellen entlang, wo andere Frauen dicke Schwielen von der harten Arbeit in jener Zeit hatten. Rosalies Haut war weich und zart und deutete für ihn darauf hin, dass sie den höchsten Schichten entstammen musste, wo man nicht selbst anpacken musste, wenn man genug für Dienste anderer zahlen konnte.

Dann fielen ihm die Kleidungsstücke und Utensilien wieder ein, die zu gar keinem Volk passten, das er kannte. Das Rascheln, als sich die Fledermaus in der Höhle bewegte, brachte seine Gedanken in eine ganz andere Richtung: Vielleicht war Rosalie eine Gottheit, die erschienen war, um ihn und das verletzte Tier vor dem Tode zu retten. Oder sie musste hier beweisen, dass sie Gutes tun konnte, um wieder in ihre Welt in anderen Sphären zurückkehren zu können und vollberechtigtes Mitglied im Volk der Götter zu sein.

Sie sagte dazu nur: „Ich habe mich verlaufen und finde den Weg nach Hause nicht mehr."

Ja klar, den Weg zu den Göttern durfte nicht jeder gehen und wenn sich eine Gottheit verirrte, dann musste sie ihr Leben bei den Menschen fristen, bis sie die geheime Tür wiederfand. Bernhard beschloss, dafür zu sorgen, dass Rosalie das Leben bei den Menschen ertragen werde. Das war das Mindeste, was er als Dank für seine Rettung tun wollte. Wäre sie ein bösartiger Naturgeist gewesen, dann hätte sie ihn bestimmt einfach liegen lassen.

„Wie geht es dir?", fragte sie soeben, auf seine Brust zeigend.

„Es ist erträglich." Er schob das gewebte Hemd ein wenig beiseite. „Lass die Rinde noch drauf", bat er, als sie genau nachschauen wollte. „Ich glaube, es heilt schon."

„Gut, dann gehe ich Käfer für Pauline fangen", erklärte Rosalie, mit der leeren Flasche auf die Fledermaus zeigend, die ihren verletzten Flügel an den Körper gezogen hatte. Wahrscheinlich war der hauchdünne Knochen nur an- aber nicht durchgebrochen.

„Ich passe auf Pauline auf", antwortete Bernhard blinzelnd.

Rosalie war sich sicher, dass er das ernst meinte.

Kaum war sie weg, testete Bernhard die Beweglichkeit seines Armes. Er war zu stolz gewesen, zuzugeben, dass er noch ganz erhebliche Schmerzen hatte. Zudem sollte Rosalie nicht sehen, dass er sich wie ein alter Mann auf die Beine stemmte, um für dringende Bedürfnisse etwas weiter in den Wald zu gehen. Ihrer Fürsorge war es aber zu verdanken, dass er es überhaupt ohne Hilfe schaffte. Und gut, dass der rasende Eber seinen linken und nicht seinen rechten Arm lahmgelegt hatte,

Rosalie kam schneller zurück, als er erwartete. Ihr tiefes Erschrecken, als sie ihn nicht gleich finden konnte, schnitt ihm ins Herz.

„Ich bin hier!", rief er, um sie zu beruhigen.

Sie schloss die Augen und atmete tief durch.

Er wankte zur Grotte zurück, streichelte ihre Wange, und begann zu erzählen, als er sich wieder auf einem Sandsteinbrocken niedergelassen hatte: „Ich bin Schmied. Vor vielen Monden bin ich mit zwei Pferden aufgebrochen, um meine Dolche und Schwerter zu verkaufen oder gegen Salz, Mehl, Felle oder Leder einzutauschen. Einen Wagen kann man hier nicht gebrauchen, obwohl man damit mehr transportieren könnte.

Ich habe auch gute Geschäfte gemacht und war auf dem Rückweg, als ich unversehens zwischen das Rudel Schweine geraten bin. Die Pferde gingen durch, ich blieb an einem Baum hängen und krachte zu Boden. Da waren die gereizten Schweine auch schon über mir. Ich konnte nicht einmal mein Schwert ziehen. Ich fühlte einen Stich wie von einem Dolch, dann wurde es dunkel. Als ich wieder zu mir kam, lag ich im Schlamm. Von meinen Pferden war weit und breit nichts zu sehen oder zu hören. Irgendwann, irgendwie kam ich auf die Füße und versuchte, dieses Tal hier zu erreichen, wo hin und wieder andere Menschen durchzogen, so wie ich es getan hatte. Die Wunde blutete stark, ich konnte nur einen Arm bewegen und mir war klar, dass ich verbluten würde, wenn nicht ein Wunder geschähe.

Nach ein Paarhundert Metern fand ich die beiden Säcke, die mein Reitpferd getragen hatte. Natürlich wollte ich sie nicht liegen lassen und quälte mich mit der schweren Last vorwärts. Ich weiß nicht, wie lange ich bis an den Waldrand gebraucht habe. Ich habe auch einige Male kurz davor gestanden, einfach aufzugeben. Dann sah ich dich auf der Wiese und schöpfte Hoffnung. Ich war nur zu schwach, zu rufen oder mich anders bemerkbar zu machen. Aber ich hatte gesehen, wohin du gehst. Ich dämmerte weg. Als ich schließlich wieder zu mir kam, begann ich auf allen vieren zu kriechen, in der Hoffnung, du würdest mich finden.

Wäre ich stattdesen auf Räuber gestoßen, die hin und wieder die Wege in den Wäldern unsicher machen, dann hätte es sich für mich endgültig erledigt gehabt."

„Ich habe gedacht, es kommt ein verletzter kleiner Bär auf mich zu", erklärte Rosalie mit Blick auf seinen Fellumhang. Von deinem Gesicht war nichts zu erkennen. Dann hat sich der vermeintliche Bär nicht mehr bewegt und ich habe ihn mit meinem Speer angestoßen, um herauszufinden, ob er wirklich tot ist. Sonst bin ich nicht so neugierig. Aber diesmal musste es wohl sein, nachzuschauen, statt zu fliehen.

Und jetzt bin ich froh, dass du da bist. Allein habe ich mich hier im Wald doch etwas gefürchtet."

„Wenn ich wieder bei Kräften bin, werde ich für sich sorgen, wenn du es möchtest", versprach Bernhard. „Ich hoffe auch sehr, dass meine Pferde wieder auftauchen."

„Vielleicht sollten wir sie suchen?"

„Ganz bestimmt sogar. In ein oder zwei Tagen bin ich sicher in der Lage, wieder lange Wanderungen zu machen", sagte Bernhard zuversichtlich.

Rosalie warf einen Blick zu Pauline, worauf Bernhard meinte: „Wir werden immer hierher zurückkommen, damit du sie füttern kannst und wir nicht alles mitnehmen müssen. Auch werde ich mein Zeug in der Höhle vergraben, damit niemand etwas stehlen kann. Ich habe mitsamt dem anderen Pferd schon viel zu viel verloren."

„Das tut mir leid", murmelte Rosalie.

Bernhard winkte ab, fasste nach ihrem Arm und sagte mit tiefer Dankbarkeit in der Stimme. „Aber ich lebe!"

Für den Abend fing Rosalie wieder drei Fische, auf welche sie diesmal ziemlich lange lauern musste. Die flinken Gesellen waren ständig auf der Hut. Dann biss Pauline sie auch noch versehentlich in den Finger.

Rosalie schüttelte betrübt den Kopf. „Ist wohl heute nicht mein Tag."

Bernhard tröstete sie, auf seinen Verband zeigend. „Ich kenne das."

Als draußen auf der Wiese die ersten Fledermäuse erschienen, wurde Pauline unruhig. Sie breitete ihre Flügel aus, flatterte ein paar Mal damit, dann hangelte sie sich Millimeter um Millimeter in die Nähe des Ausgangs. Dort blieb sie hängen, als wäre das ihr einziger Wunsch gewesen. Als Rosalie gar nicht mehr daran dachte, schwebte sie plötzlich in die anbrechende Nacht.

Bernhard war genau so erschrocken wie Rosalie, als die Fledermaus im Tiefflug über das Feuer huschte. „Morgen wird es mir vielleicht schon wieder gut gehen", hoffte er und fügte schnell hinzu: „Nur werde ich nicht einfach grußlos verschwinden."

Verrückt war, dass das Pauline auch nicht vorzuhaben schien. Eine halbe Stunde später war sie wieder da und hängte sich in die Höhle, als sei sie nie fort gewesen. Bernhard und Rosalie wechselten einen erstaunten Blick.

„Sie weiß gute Pflege auch zu schätzen", sagte Bernhard, seine linke Hand vorsichtig öffnend und schließend. Rosalie verstand die Anspielung und freute sich über so viel Lob.

Aber Bernhard machte dem Sinn seines Namens, stark wie ein Bär, auch alle Ehre. Nicht ein Wort der Klage kam über seine Lippen, obwohl es ihn wirklich schlimm erwischt hatte. Er war dankbar, dass Rosalie jeden Tag ein warmes Essen auf den nicht vorhandenen Tisch brachte, selbst wenn es immer wieder Fische waren. Jagd war eigentlich die Aufgabe der Männer, egal ob auf Fische oder Hirsche.

Am nächsten Morgen kam er das erste Mal mit hinunter an den Bach, um sich zu waschen, wobei ihm Rosalie assistierte, obwohl er zuerst jede Hilfe abgelehnt hatte. Sie erneuerte auch seinen Verband, nachdem sie frische Birkenrinde abgeschält hatte. Der Honig hatte hervorragend gewirkt, die Wundränder sahen gut durchblutet aus und der tiefe Riss heilte von innen nach außen, wie es Rosalie erhofft hatte. Frisch verbunden fühlte sich Bernhard auch um vieles wohler.

„Was hast du?", fragte er, als sie plötzlich lauschend den Kopf hoch.

Sie schloss die Augen und hielt die Zeigefinger an beide Ohren. Bernhard verstand, dass sie ein leises, aber interessantes Geräusch gehört haben musste.

„Gib mir dein Schwert", wisperte sie und er tat es, ohne zu überlegen. Dann huschte sie von Baum zu Baum hinunter zum Weg.

Und endlich hörte auch Bernhard, was Rosalie schon lange neugierig gemacht hatte – das Trappeln von Pferdehufen. Nicht im Galopp, auch nicht im Trab, sondern langsam und gemächlich, mit Pausen zwischen den Schritten. Da stand Rosalie auch schon auf dem Weg, um das reiterlose Tier einzufangen, das sich willig am Zügel nehmen ließ.

Bernhard eilte den Hang hinunter, um dem Braunen den Hals zu klopfen und Rosalie zu herzen, dass ihr ganz wohlig zumute wurde. Dafür, dass er sich tagelang allein durchgeschlagen hatte, sah der Hengst recht gut aus.

„Nun müssen wir nur noch den anderen finden", lachte Rosalie.

„Ich glaube, das können wir uns sparen", schmunzelte Bernhard, als das zweite Tier mit hängendem Kopf heran trottete. Die Last der beiden Säcke auf seinem Rücken, hatte ihn sehr mitgenommen.

„Den kriegen wir wieder hin", prophezeite Rosalie, ihm die Säcke abnehmend. Dann sprang sie auf seinen Rücken, zwang ihn ins Wasser und pflockte ihn auf der Wiese an, wo er in Ruhe fressen und ruhen konnte. Der erste Hengst machte noch weniger Probleme, als er ins Wasser sollte und Rosalie ahnte, warum er das Reittier gewesen war.

„Du kennst dich mit Pferden aus?!", staunte Bernhard.

„Ein bisschen", wiegelte Rosalie ab, die schon ewig nicht mehr geritten war. „Ich weiß nur ganz sicher, dass wir sie über Nacht nicht allein auf der Wiese lassen sollten."

„Stimmt ganz genau", bestätigte Bernhard. „In meinem Gepäck steckt ein kleines Zelt, das für uns beide reichen dürfte, falls du es nicht vorziehst, bei Pauline in der Höhle zu bleiben. Du musst mir nur beim Aufbauen helfen. Dann holen wir Holz für ein großes Feuer."

Das *Zelt* war eigentlich nur eine Plane aus Leder, denn passende Stangen, sprich Äste, mussten sie erst noch suchen. Praktisch war es allemal, denn Hotels und Gasthöfe hatte noch keiner erfunden. Rosalie unterdrückte mühsam ein Gähnen. Die letzten Tage waren stressig gewesen und sie sehnte sich nach etwas Ruhe.

„Leg dich ein bisschen hin, ich werde wachen", bot Bernhard an und das musste er nicht zwei Mal sagen. So wie Rosalie im Zelt war, schlief sie auch schon ganz fest ein.

Weil Bernhard wusste, dass ihn sein Lieblingspferd warnen werde, wenn Gefahren nahten, schritt er das Bachufer entgegen der Fließrichtung des Wassers ab. Hinter einer Biegung hörte er Enten schnattern. Ein kurzes Überlegen, dann holte er Rosalies ungewöhnlichen Speer und legte sich auf die Lauer, wobei er immer wieder zum Zelt spähte, ob auch wirklich alles in Ordnung sei.

Seine Beharrlichkeit zahlte sich aus. Ein kleiner Pulk Wildenten schwamm heran und Bernhard nutzte Rosalies Taktik, durch das Gras hindurch zu stechen. Er zog das verletzte Tier an Land, drehte ihm den Hals um und trug es sofort zum Zelt, wo er es rupfte und ausnahm.

Rosalie wurde erst wach, als es unwiderstehlich nach Braten roch. Der Duft hatte sich in ihrem Unterbewusstsein mit Weihnachten verknüpft und sie von einer leckeren Ente, gefüllt mit Bratäpfeln, träumen lassen. Sie bekam wahrhaft riesengroße Augen, als sie aus dem Zelt kroch und Bernhard am Feuer sitzen sah, über welchem er den fast garen Vogel drehte.

„Ich habe deinen Speer kaputt gemacht", sagte er kleinlaut, mit niedergeschlagenen Augen und wartete auf Strafe.

Die Kunststoffspitze war zerbrochen. Bernhard hatte die Einzelteile aus der Einstichstelle gezogen und jeden noch so kleinen Splitter aufgehoben, weil er hoffte, Rosalie könne das außergewöhnliche Material wieder zusammenzaubern.

„Darum kümmere ich mich später", erwiderte sie lächelnd, setzte sich zu ihm und wartete auf ein Stück vom brutzelnden Vogel.

Augenblicke später teilten sie sich die Keulen des Tieres, an denen noch ein ganzes Stück mehr vom Ganzen hing. Bernhard hatte die Haut vor dem Garen mit einem Teil des wertvollen Salzes eingerieben, das er als Bezahlung für seine Messer und Schwerter bekommen hatte. Für Rosalie erschien ihm dieses Opfer angemessen.

„Hmm, das schmeckt sehr gut", murmelte sie schon beim ersten Biss und Bernhard war glücklich.

Rosalie musste ein besonderes Wesen sein. Sie war bei ihm und trotzdem irgendwie unnahbar. Ob es für ihn schlimme Folgen haben konnte, dass er hoffte, sie fände den Weg nach Hause nie mehr und bleibe bei ihm? Gottheiten konnten ganz sicher seine Gedanken lesen. Vielleicht fiele dann die Ernte aus?

Oder er wäre nicht mehr in der Lage, gute Schwerter zu schmieden? Aber wenn sie wirklich Gedanken lesen konnten, dann wussten sie, dass er nicht log und sich nichts sehnlicher wünschte, als in seiner Welt mit Rosalie leben zu dürfen.

„Den Rest heben wir uns für den Abend auf", erklärte er, den Braten in einem Ledersack verstauend, damit sich keine unliebsamen Mitesser daran zu schaffen machen konnten. „Über Nacht bleiben wir noch hier. Morgen reiten wir los."

Rosalie nickte. Freude darauf und Angst davor, hielten sich die Waage. Um gut gerüstet zu sein, begutachtete sie den Schaden an ihrem Speer. Da war nichts zu machen, außer die Spitze komplett zu tauschen. Große Splitter hatte sie zur Genüge, die mussten nur ein wenig in Form gebracht werden. Also bat sie Bernhard um seinen Dolch.

Der Schmied schaute sehr genau zu, wie sie die Ränder bearbeitete. Diesmal hatte sie auch das richtige Werkzeug, um Widerhaken einzuarbeiten, damit ihr keine Forelle mehr entkommen konnte. Und die Spitze war länger und schmaler, wodurch sie tiefer eindringen konnte.

Die perfekte Frau für einen Waffenschmied. Bernhard seufzte.

„Schaden behoben", blinzelte Rosalie, ihm den Dolch zurückgebend.

Er nahm sich vor, zu Hause Speerspitzen aus Bronze für sie zu schmieden, die sehr viel haltbarer waren, als das Eis, das nur im Feuer schmolz. Tausend Gedanken schwirrten durch seinen Kopf. Wie werde man Rosalie in der Siedlung aufnehmen? Wobei das seine kleinste Sorge war. Er hatte dort das Sagen und wen er sich zum Weib erwählte, ging niemanden etwas an.

Er fasste unbewusst nach seiner Wunde, die zu jucken begonnen hatte, was er als sehr gutes Zeichen wertete. Schon die ganze Alten sagten stets: Wenn es juckt, dann heilt es.

„Alles in Ordnung?", fragte Rosalie sofort und erhielt ein Nicken zur Antwort.

Sie hatte Holz für das nächtliche Feuer gesammelt und ein paar grüne Zweige mitgebracht, die ordentlich Rauch gegen die Mücken erzeugen sollten. Die blutsaugenden Quälgeister gab es hier, direkt am Bach, zu Milliarden, wie es ihr schien.

Als die Sonne unterging, kamen andere geflügelte Wesen hervor – die Fledermäuse.

„Ich habe Pauline vergessen!", rief Rosalie und wollte zur Grotte eilen.

Bernhard hielt sie zurück. „Die ist schon vor einer Weile auf die Wiese gekommen. Pauline wird sicher genügend Futter finden."

Rosalie atmete auf. Irgendwo im Gewimmel der geschickten Jäger war ihr Schützling und jagte im Tiefflug übers Gras. Sie wusste, dass die Großen Mausohren auf das Rascheln und den Geruch der Beute reagierten. Echoortung brauchten sie wohl nur, um sich zwischen den Bäumen zu orientieren.

Geruchsinn und Echoortung waren wohl auch der Grund, weshalb die Fledermaus plötzlich im Zelt auftauchte, statt zur Grotte oder mit den anderen zu fliegen. Mit Rosalies Geruch verband sie wohl etwas besonders Angenehmes, nämlich gefüttert zu werden. Bernhard schüttelte amüsiert den Kopf. In früheren Zeiten hätte er das Tier fortgejagt, weil er es als Vorboten des Bösen angesehen hätte. Erst Rosalie hatte ihm die Augen geöffnet, dass die wundersamen Wesen völlig harmlos waren, solange man sie in Ruhe ließ. Vor allem hatte sie ihm gezeigt, dass die Fledermäuse Insekten vertilgten, die sehr lästig werden konnten.

Aufbruch ins Ungewisse

Am Morgen verspeisten sie die allerletzten Reste der Ente, tranken einen Pfefferminztee, dann brachen sie ihr kleines Lager ab. Bernhard pfiff die Pferde heran und begann sie zu beladen.

„Lass dir helfen, ich weiß, dass du Schmerzen hast!", schimpfte Rosalie und Bernhard folgte der Stimme der Vernunft.

Pauline verfrachteten sie erst einmal an einen Packsack des zweiten Pferdes. Rosalie wollte versuchen, den Falben zu reiten, obwohl Bernhard ihn als schwierig beschrieb. Als sie schließlich oben saß, hängte sie sich die Fledermaus an den Pulloverkragen und schob die Jacke darüber. Pauline sollte nichts geschehen und es musste auch nicht gleich jeder sehen, welch ungewöhnliches Tier sie bei sich trug. Damit konnte man noch früh genug unliebsame Mitmenschen erschrecken.

Als Bernhard aufsaß, straffte sich seine Gestalt. Endlich fühlte er sich wieder als starker Mann. Gemächlich zogen sie los. Bernhard hatte keine Eile und Rosalie schon gar nicht. Sie wollte sich in Ruhe mit den Macken des Falben bekannt machen, der ihr gegenüber bisher sanftmütig gewesen war. Weil der

Weg etwas breiter wurde, ritten sie nebeneinander und unterhielten sich.

„Erzähle mir etwas aus der Welt, wo du herkommst", bat Bernhard schließlich und Rosalie berichtete über Häuser und Türme, die so hoch waren, dass sie die Wolken berührten, über Brücken, die die tiefsten Schluchten überspannten und Schiffe, die ganzen Städten glichen. Bernhard hörte wie gebannt zu. Ja, das konnte nur die Welt der Götter sein. Niemand sonst konnte Metall und Steine so hoch auftürmen.

Dann hielt Rosalie plötzlich den Falben an und sagte: „Ich habe Hunger und Durst."

Bernhard erwachte wie aus einem Traum. Er hatte gar nicht gemerkt, dass die Sonne schon im Zenit stand und viele Stunden vergangen waren. Rasch saßen sie ab, und banden die vom Gepäck befreiten Pferde im Schatten fest, so dass sie auch noch fressen konnten.

Rosalie schöpfte Wasser und hielt gleich mit nach Fischen Ausschau. Sie musste ein ganzes Stück am Ufer entlang gehen, bis sie endlich welche entdeckte. Dann ging es sehr schnell, denn die neue Speerspitze war super, was sich Rosalie ja auch von ihr versprochen hatte.

Bernhard hatte schon ein Feuer entfacht, obwohl er beim Geschichtenlauschen völlig vergessen hatte, das Feuertöpfchen zu überwachen. Ein wenig Glut war noch darinnen gewesen, der er nun sofort neue Nahrung gab. Dann hielten sie ihre aufgespießten Forellen übers Feuer, bis sie gar waren.

„Ich bin froh, dass ich sie nicht mehr roh essen muss", murmelte Rosalie.

„Aber besser als gar nichts", warf Bernhard ein. „Kannst du dir vorstellen, dass ich, bevor du mich damit ins Leben zurück geholt hast, noch nie rohen Fisch gegessen habe?"

Rosalie schüttelte den Kopf.

„Ich hatte bisher immer das Wohlwollen der Götter auf meiner Seite", erzählte er leise. „Du warst ja auch genau im richtigen Moment da, um mir zu helfen. Ich schwöre, dass ich immer für dich da sein werde."

„Und ich habe keine Ahnung, warum sie mich bestrafen", flüsterte Rosalie. „Ich habe bestimmt nichts Böses getan."

„Vielleicht bereiten sie dich auf etwas Besonderes vor ..." Bernhard streichelte ihre Hand.

Rosalie nickte kaum merklich. Eine Initiation. Womöglich hatte Bernhard sogar recht. Das überlaute Krächzen eines Raben am Waldrand schreckte sie auf. Ehe sie reagieren konnte, hatte Bernhard eine Schleuder aus der Tasche gezogen und auf den Raben angelegt.

„Neeeeeiiiiiiiin!" Rosalies Schrei gellte ihm in den Ohren. Sie sprang auf und rannte zu dem getroffenen Tier.

Bernhard wurde blass und blieb wie erstarrt sitzen. Wahrscheinlich hatte er soeben einen schweren Fehler gemacht, den sie ihm nie verzeihen werde. Jene Geschöpfe, die alle mieden, schienen ihre Totemtiere zu sein.

Rosalie beugte sich mit Tränen in den Augen über das vom Baum geschossene Tier. Sie nahm den leblosen Körper auf und drückte ihn vorsichtig an ihre Brust. „Komm zurück kleiner Freund", hauchte sie, sanft das blauschwarz glänzende Gefieder streichelnd. Der Vogel öffnete die Augen und schaute sie unverwandt an. Er machte aber keine Anstalten nach Rosalie zu hacken und so trug sie ihn zum Lagerplatz.

„Rührst du ihn an, wirst du es bereuen!", zischte sie Bernhard zu, der noch immer wie vom Donner gerührt saß und nicht wusste, wie er sich verhalten sollte.

Rosalie schraubte ihre Wasserflasche auf und flößte dem Raben ein paar Tropfen ein. Ein mattes

„Krah" zeigte an, dass langsam die Lebensgeister zurückkehrten. Sie setzte den Raben neben die Fischköpfe, die noch herumlagen und der ließ sich nicht lange bitten. Allerdings äugte er immer wieder zu Bernhard hinüber, der ihm so übel mitgespielt hatte.

„Der Nächste mit verletztem Flügel", stöhnte Rosalie, als der Rabe vergebliche Flugversuche unternahm. „Dann kommst du eben auch noch mit, musst aber mit Essenresten fürliebnehmen, bis ich etwas Besseres für dich finde. Ich kannte übrigens mal einen Raben in Innsbruck, der hieß Paul. Paul und Pauline, passt!", lachte sie, die schlafende Fledermaus mit der Fingerspitze streichelnd.

Bernhards Augen wurden immer größer, wie selbstverständlich sie mit den Tieren sprach. Ein wenig erschreckte es ihn schon, dass sie der Rabe von nun an begleiten werde. Diese Geschöpfe wanderten zwischen den Welten, so hieß es. Bernhard erschrak bis ins Mark. Hatte der Rabe etwa Rosalie nach Hause führen sollen und er hatte ihn daran gehindert? Er beschloss, alles zu tun, um weder Rosalie noch den Schwarzgefiederten jemals wieder zu verärgern.

Mit Rosalie schien er es sich zumindest für den heutigen Tag gründlich verdorben zu haben. Sie würdigte ihn keines Blickes, während sie die Pferde belud. Dann hielt sie dem, auf dem Boden sitzenden, Vogel die Hand hin, die dieser sofort erklomm, um sich anschließend auf ihrer Schulter niederzulassen. Pauline hing noch immer wie ein Schmuckstück an Rosalies Kragen und schlief.

Trotz des breiten Weges blieb Rosalie mit ihrem Falben hinter Bernhard, nicht willens auch nur ein Wort mit ihm zu wechseln. Stattdessen sprach sie hin und wieder mit dem Raben, der mit leisem Krächzen antwortete und seinen Kopf an ihrem Ohr rieb. Bernhard fühlte sich äußerst unwohl. Sein Vergehen wog offenbar noch schwerer, als er selber ermessen konnte.

„Krahhh, krahhh, krahhh", jubelte Paul.

„Wir halten einen Moment!", rief Rosalie, die seiner Blickrichtung gefolgt war, und sprang vom Pferd. Sie trug den Raben zu einem Strauch, in welchem eine tote Maus hing, die ein Greifvogel verloren haben musste.

Paul balancierte über die Zweige, zupfte den Leckerbissen herunter, ließ sich von Rosalie auf den Boden setzen und zerlegte die Maus mit wenigen Schnabelhieben in schluckfertige Brocken. Dann schnäbelte er zufrieden vor sich hin, kletterte auf Rosalies Arm, von da auf die Schulter und freute sich, als sich das Pferd wieder in Bewegung setzte. Sie fasste den stattlichen Vogel scherzhaft am Schnabel, der es mit einem glucksenden Geräusch geschehen ließ.

Als die ersten Rauchfahnen in den Himmel stiegen, die besiedeltes Gebiet anzeigten, wurde Rosalie unruhig. Bernhard ritt geradenwegs auf die sieben Häuschen zu, die sich an den Hang schmiegten.

„Bernhard kommt!", riefen sich die Menschen gegenseitig zu. Sie versammelten sich, um den Schmied zu begrüßen. Beim Anblick von Rosalie, mit der wunderlichen Kleidung, dem Raben auf der Schulter und der Fledermaus am Hals, schreckten sie zurück.

„Wer ist sie?", raunte der Anführer der Siedlung.

Bernhard beugte sich zu ihm hinunter und antwortete geheimnisvoll: „Umma." Das bedeutete Naturgeist, weil er es ja selber nicht anders wusste. „Ihr verdanke ich, dass ich noch lebe." Er schob das Hemd zur Seite, um den Verband zu zeigen.

„Und diese Tiere?"

„Pssssst! Sie spricht mit ihnen", wisperte Bernhard, in Sorge, Geheimnisverrat zu begehen.

„Steigt ab und seid unsere Gäste", sagte der Anführer laut.

Rosalie ließ sich vom Pferd gleiten, folgte Bernhard und versorgte den Falben genau so, wie er es mit seinem Braunen tat. Der Anführer der Sippe bat Rosalie, mit an seinem Feuer Platz zu nehmen. Er wollte die Geister der Natur auf keinen Fall gegen sich haben. Sie bekam ein Stück Hirschbraten und Fladenbrot, wie die Männer.

Als sie ihr Kunststoffmesser und die Trinkflasche hervorzog, erstarrten alle in ungläubigem Staunen. Außer Bernhard, der hatte sogar ein kaum merkliches Schmunzeln in den Mundwinkeln. Paul bekam den ersten Happen, dann erst aß Rosalie, dem Raben immer wieder ein Bröckchen und schließlich Wasser reichend. Die Blicke der Männer – unbezahlbar.

Bernhard musste erzählen, wie es ihm auf seiner weiten Reise ergangen war. Der ließ keinen einzigen Augenblick aus. Am Ende stand für alle fest, dass es auch an Rosalie gelegen haben musste, dass beide Pferde wohlbehalten genau zu ihrem Lagerplatz gekommen waren. Völlig kleinlaut berichtete er, wie er die Schleuder auf Paul gerichtet hatte, und fügte hinzu, wie unendlich leid ihm das nun tat. Zudem werde er nie wieder einen Raben angreifen.

„Krahhh!"

„Ich schwöre es!", rief Bernhard.

Die anderen nahmen sich vor, die Tiere nun auch in Ruhe zu lassen. Rosalie nickte dazu genau so stumm, wie sie der ganzen Unterhaltung gelauscht hatte.

In der Dämmerung wurde Pauline unruhig. Unter den neugierigen Blicken der Menschen wachte sie auf, hangelte sich in eine bessere Startposition und segelte im Tiefflug über die Wiese. Sie war, als einzige Fledermaus die überhaupt herumflatterte, gut zu erkennen.

Nach einer Stunde kam sie satt und zufrieden zurück, steuerte zielsicher auf Rosalie zu und landete am Jackenkragen, womit sie das Mysterium um ihre Trägerin für die Menschen der Bronzezeit noch mehrte.

Rosalie stand auf und schlenderte durch die Siedlung. Sie wollte so viel wie möglich sehen und lernen, bevor sie am Morgen weiterreiten wollten, wie Bernhard allen kundgetan hatte. Bernhard begleitete sie vorsichtshalber. Warum, hätte er selbst nicht erklären können. Rosalie war nirgends sicherer als hier.

„Erzählst du uns etwas aus der Welt der Götter?!", wandte sich ein Junge an Rosalie, der zwar kein Kind mehr, aber auch noch kein Mann war.

„Gern", erwiderte sie und setzte sich zu den vier Halbwüchsigen auf den Baumstamm, der ihnen als Bank diente. Paul äugte in die Runde, rieb seinen Schnabel an ihrem Ohr und gab ein lustiges Trillern von sich, als Zeichen, dass er zufrieden war.

„Es war zu einer Zeit, als der Himmel alle Tore öffnete, um Regen, Sturm und Blitz auf die Erde zu schicken", begann Rosalie. „Da geschah es, dass sich einer der Geister, die für das Wohl der Tiere zuständig waren, in die Welt der Menschen verirrte." Die Jungen kroch ein Grusel an, als sie über Ritter, Männer in Kleidern ganz aus Eisen, erzählte, von denen man nie wusste, ob sie Freund oder Feind waren. Sie berichtete über die Schönheit, aber auch den Schrecken der Hochgebirge, wenn sich Schlammströme und Lawinen tosend ins Tal stürzten, um Verwüstung und Tod zu bringen. Als sie die Geschichte beendete, blieb es noch lange totenstill.

Dann räusperte sich der Junge, der sie gebeten hatte, zu erzählen. „Ich hoffe, dass du ... äh ... dass der Geist den Weg nach Hause wiederfindet."

„Krahhh, krahhh", machte Paul, der die ganze Zeit über ausgesehen hatte, als würde er schlafen.

„Siehst du, dein Rabe meint auch, dass der Geist es schafft", freute sich der Junge und hätte am liebsten den Schwarzgefiederten gestreichelt.

Rosalie lachte übermütig. „Na, wenn ihr beide davon überzeugt seid, dann wird das wohl geschehen. Aber bis dahin muss der Naturgeist noch ein bisschen aufpassen, dass die Menschen keine Dummheiten machen. Vielleicht muss er sogar deswegen eine zeitlang in dieser Welt bleiben."

„Lässt du die Fledermaus und den Raben in der Welt der Menschen, wenn du wieder gehst?", fragte ein anderer, der die Abendunterhaltung der Erwachsenen belauscht hatte.

„Das ist die Entscheidung der Tiere", verriet Rosalie. „Für Paul würde sich in meiner Welt nicht sehr viel ändern. Ein schlauer Vogel, wie er, findet überall etwas zum Leben. Nur Pauline hätte es nicht leicht. Es gibt gute und böse Geister, so wie es gute und böse Menschen gibt. Die bösen Geister haben begonnen, die Insekten zu töten, die Pauline als Futter braucht. Dabei haben sie ganz vergessen, dass auch sie ohne Bienen keinen Honig bekommen, kein Obst und kein Gemüse und dass sie irgendwann Hunger leiden werden."

„Dann ist die Welt der Götter auch nicht schöner als unsere?", stellte der erste Junge fragend fest und Rosalie nickte bekümmert.

Bernhard wurde immer nachdenklicher. Dass die alten Legenden von guten und bösen Wesen stimmten, hatte Rosalie mehrfach bestätigt.

Man brachte sie zu einem Schlafboden für Gäste, über den einige Häuser in der Bronzezeit verfügten, besonders dann, wenn die Siedlungen Handel trieben. Rosalie hängte Pauline mitsamt ihrer Jacke an einen Dachbalken, während es sich Paul auf einem von Bernhards Packsäcken bequem machte, als wolle er ihn bewachen.

„Bist du immer noch auf mich böse?", flüsterte Bernhard, als er seinen Fellumhang mit Rosalie teilte.

„Nein, nicht wirklich." Sie rückte ein wenig näher.

Mit einem Lächeln auf den Lippen schlief Bernhard ein. Doch dann träumte er völlig wirres Zeug, in dem sich das, was er erlebt, mit dem verwob, worüber Rosalie erzählt hatte. Männer in Eisenkleidung zogen durch die Felder, brannten alles nieder und Vögel fielen verhungert aus den Baumkronen. Schweißgebadet fuhr er aus dem Schlaf, als ein riesiges Maul mit Reißzähnen nach seinem Hals schnappte.

Er blies die angehaltene Luft aus, ließ sich wieder zurücksinken und konnte sich nur mühsam das Lachen verkneifen. Das Maul mit den imposanten Zähnen gab es wirklich. Es gehörte Pauline und war um einiges kleiner, als es seine Fantasie im Traum gemacht hatte.

Rosalie wusch sich morgens am Bach, wohin Paul sie begleitete. Er stocherte mit dem Schnabel im seichten Wasser herum, fand etwas Interessantes, schaute sich um und hob ab. Ihm war wohl wieder eingefallen, wozu er Flügel hatte, denn er besorgte sich sogar sein Frühstück selbst, dann schritt er geradezu würdevoll hinter Rosalie her, als sie zum Haus zurückging.

Pauline turnte irgendwie unzufrieden am Dachbalken herum. Ihr fehlte Rosalies Körperwärme.

„Du bist verwöhnt", bemerkte Rosalie trocken, ihren lebendigen Halsschmuck an den Füßchen nehmend, um ihn sich wieder anzuhängen.

Bernhard grinste vergnügt. Er sah das genau so.

„Was hast du?", staunte er, weil Paul ganz aufgeregt mit dem ganzen Köper wippte und schnalzende Laute von sich gab, als Rosalie ihre Jacke anzog.

„Alles in Ordnung?", fragte auch Rosalie, erstaunt über das seltsame Verhalten des Raben.

Der flog auf ihre Schulter und schnäbelte irgendwas vor sich. Rosalie konzentrierte sich darauf, den Falben exakt zu beladen, damit er schmerzfrei und ausdauernd laufen konnte. Ihren knallbunten

Discounter-Beutel mit dem Leergut packte sie wieder so, dass sie ihn als Rückenlehne benutzen konnte. Die Gastgeber verfolgten die Prozedur mit ehrfürchtigem Blick.

Rosalie saß auf und nahm die Zügel. Als sie gerade davon traben wollten, kam einer der Jungen gerannt, steckte ihr etwas zu, das sich wie ein großer Kieselstein anfühlte, und bat: „Vergiss uns nicht."

„Das werde ich bestimmt nicht. Herzlichen Dank." Sie beugte sich herunter und küsste ihn auf die Stirn.

Nach ein paar Metern wollte sie sich den Stein genauer anschauen und gab einen überraschten Laut von sich. Sie hielt einen taubeneigroßen, klaren, glattgeschliffenen Edelstein in den Händen.

„Ein Bergkristall!", staunte Bernhard.

„Das Wertvollste, was der Junge, nach seiner Familie, besaß", erklärte sie ihm und berichtete, dass auch in ihrer Welt diese Steine, in dieser Reinheit besondere Schätze waren.

Als sie ihn in die Tasche stecken wollte, kam Bewegung in Paul. Der zeterte vor sich hin und hüpfte sogar von der Schulter auf ihren Oberschenkel. Ein Wunder, dass der Falbe nicht nervös wurde oder gar durchging.

„Was hast du nur?", murmelte Rosalie.

Sie hielten die Pferde an und sie fasste erst einmal ohne Stein in die Tasche, um herauszufinden, was Paul so aufregte.

Da fühlte sie auch schon etwas, das dem Bergkristall in der Größe ähnelte, nur nicht so glatt und auch unregelmäßiger geformt war. Sie zog es heraus. „Mich laust der Affe!"

„Was? Wer?", fragte Bernhard, dem der Affe logischerweise unbekannt war. „Was ist das?!"

„Ein Nugget!" Womit Bernhard genau so wenig anfangen konnte. „Das ist Gold, das Paul heute morgen im Bach gefunden haben muss. Die Leute in der Siedlung wissen wahrscheinlich nicht, dass sie inmitten von Schätzen leben."

Sie steckte beide Geschenke in die Tasche und Paul nahm sichtlich ruhiger wieder seinen Platz auf ihrer Schulter ein.

„Danke, mein Großer!", rief sie, Paulchen am Bauch kraulend, was der mit einem zufriedenen Schnäbeln genoss.

„Da unten ist schon die Elbe", freute sie sich, als sie zwischen den letzten Bäumen hindurch ritten. „Wie kommen wir auf die andere Seite?"

„Es gibt ein oder zwei Furten", erwiderte Bernhard. „Aber wir müssen nicht hinüber."

„Dann kraxeln wir also die Berge hoch. Oder gibt es einen Weg am Fluss entlang?"

„Das kommt auf den Wasserstand an. Sicherer ist es heute durch die Berge." Bernhard ließ den Braunen weitergehen, um einen bekannten und vor allem geschützten Lagerplatz anzusteuern.

Als sich Rosalie umschaute, war ihr schlagartig klar, warum es heute am Wasser nicht sicher war. Aus den Gebieten, die später einmal zu Tschechien gehören würden, zog eine rabenschwarze Wand heran.

„Oh nein!", flüsterte sie.

Bernhard versuchte, sie zu trösten. „Da hinten ist eine Höhle, da passen sogar die Pferde mit hinein." Er hatte ja keine Ahnung, welche Befürchtung sie hegte.

Das heisere Krächzen des Raben trieb sie zur Eile, denn schon brausten die ersten Sturmböen heran. Die Pferde am Zügel führend, drangen sie in den Wald ein, in dem es bereits toste und brauste, als rolle ein Güterzug über schlechte Gleise.

Es begann wie aus Kübeln zu schütteln, dann hagelte es.

„Geh weiter rein!", schrie Bernhard gegen den Sturm an, denn die zerplatzenden Hagelkörner stachen unangenehm durch die Kleidung und der Braune schnaubte ungehalten.

Rosalie tastete sich im undurchdringlichen Dunkel vorwärts. Was hätte sie darum gegeben, jetzt den Ultraschallsinn von Pauline zu haben! Oder wenigstens eine Taschenlampe!"

„Ich kann die Hand vor Augen nicht sehen! Wo ist das Feuertöpfchen?", rief sie zurück.

Das Krachen eines Blitzeinschlags überraschte sie völlig. Rosalie schrie auf, die Pferde wieherten und Paul krächzte, als sei das Ende der Welt gekommen.

Im Licht der elektrischen Entladung sah es aus, als flöge der ganze Wald in die Luft.

Bernhard versuchte, mit seinem Feuertopf zu Rosalie zu kommen, als es erneut krachte. Alles schwankte wie bei einem Erdbeben, die Pferde schlugen aus und er war froh, nicht getroffen zu werden. Endlich hatte er sich an den Tieren vorbeigeschoben. Er hob das Feuertöpfchen hoch, um ein wenig Licht in die Grotte zu bringen. Im nächsten Augenblick erstarrte er. Rosalie war verschwunden, als habe sie nie existiert, und mit ihr Paul und Pauline. Einziges Zeichen, dass er nicht geträumt hatte, war der bunte Beutel, in dem noch zwei leere Plastikflaschen steckten.

Das Unwetter tobte bis zum nächsten Morgen mit unverminderter Kraft, um dann ganz plötzlich aufzuhören. Obwohl Bernhard in der sicheren Grotte gesessen hatte, war seine Kleidung nass, wie vom Regen. Es waren die Tränen, die er um Rosalie geweint hatte.

Sicher, dass sie nicht weit gekommen waren, schickte man ihnen aus der Siedlung, wo sie geschlafen hatten, einen Hilfstrupp. Der fand den völlig geschockten Bernhard mit seinen Pferden körperlich unversehrt in der Grotte. Von der Frau und ihren ungewöhnlichen Begleittieren fehlte jede Spur.

„Die Geister haben sie zurückgeholt", flüsterte Bernhard ein um das andere Mal.

Das glaubten ihm die Männer sogar aufs Wort, denn ihre Siedlung war von Sturm und Regen verschont geblieben. Einzig der Bach hatte eine Weile etwas mehr Wasser geführt, ohne jedoch das Tal zu überfluten.

Vom Regen in die Traufe

Als es das zweite Mal krachte, war Rosalie wie von einem in die Grotte einbrechenden Wasserfall übergossen worden. In der Annahme, die Höhlendecke bräche ein, hatte sie sich in die Richtung geflüchtet, wo sie den Ausgang vermutete, war im Schlamm ausgerutscht und mit dem Kopf heftig auf den Boden geschlagen. Ihr gingen buchstäblich auch innerlich die Lichter aus.

Als sie langsam wieder zu sich kam, lag sie bäuchlings im Schlamm, Paul krächzte wie ein Wahnsinniger und von irgendwo klang Hufschlag an ihr Ohr. *Hier, hier bin ich*, wollte sie rufen, brachte aber keinen Ton heraus.

Das übernahm Paul, der wie ein Irrwisch davonsauste, die Pferde der Reiter erschreckte und sofort zu ihr zurückkam. Gefolgt von den neugierigen Männern, die sich keinen Reim auf den verrückten Vogel machen konnten. Rosalie merkte nur, wie sich Paul auf ihren Rücken setzte und krächzte, was das Zeug hielt.

„Da liegt jemand!", hörte sie einen erstaunten Ruf. Und, falls beim Sturz nicht ihr Gehirn gelitten hatte, auf Italienisch!

„Seid vorsichtig! Der Rabe lässt niemanden heran!", rief eine zweite Stimme.

„Aber das ist doch ... das ist ... das ist Rosalie!", sagte ein Dritter, worauf Paul sofort zu spektakeln aufhörte und den Mann mit schief gelegtem Kopf argwöhnisch beäugte.

„Sie ist es. Die Fledermaus ist bei ihr", erklärte die vierte Stimme.

„Das ist zwar eine Fledermaus, aber es ist nicht Pauli", hörte Rosalie jenen etwas ratlos sagen, der ihren Namen genannt hatte. Sie kannte die Stimme, konnte sich aber absolut nicht erinnern, wo sie diese schon einmal gehört hatte. Paul lief unruhig auf ihrem Rücken herum, weil der Fremde näher kam. Als der dann auch noch bat: „Lass uns helfen, wir tun Rosalie nichts Böses", entschloss sich Paul, von Rosalie herunter zu flattern. Er blieb aber direkt neben ihr sitzen, um weiter über ihr Wohlergehen zu wachen.

Der Fremde streckte ganz vorsichtig die Hand nach Rosalie aus. Als der merkwürdige Rabe friedlich blieb, drehte er sie vorsichtig um. „Sie lebt!"

Rosalie öffnete die Augen und schaute ihren Retter völlig verloren an.

„Sie erkennt mich nicht", sagte er zutiefst betrübt. „Was hat diese Furie nur mit ihr gemacht? Kommt, Männer, wir bringen sie in die Mühle!"

Mühle? Rosalies graue Zellen begannen endlich wieder zu arbeiten. „Luciano", hauchte sie.

„Sie erinnert sich!", jubelte der junge Mann.

„Krahhh, krahhh", machte Paul.

Luciano lachte. „Offensichtlich hat sie zwei neue Beschützer. Geschieht mir recht. Warum habe ich nicht sofort den ganzen Wald nach ihr abgesucht."

Er sprang auf sein Pferd, zwei andere Männer hoben Rosalie zu ihm hinauf. Er nahm sie vor sich auf das Tier, um sie gut festhalten zu können.

Paul folgten den vier Pferden. Nach einer halben Stunde Ritt langten sie an der Mühlenruine an, aus der Rosalie vor genau sieben Tagen verschleppt worden war, wie ihr Luciano versicherte. Er ließ die anderen Reiter ziehen, trug Rosalie über die Brücke ins Haus und legte sie vorsichtig auf ihre Schlafstatt. Die Tür ließ er offen, damit der Rabe hereinkommen konnte, was dieser auch nach einem vorsichtigen Blick in den Raum tat. Er hüpfte zu Rosalie hinauf und schnäbelte leise.

Als Luciano mit der behandschuhten Hand nach der Fledermaus greifen wollte, wurde diese plötzlich munter, flatterte ein paar Runden durch das

Zimmer, um dann zielgerichtet auf die Wiese zu verschwinden.

Der junge Ritter zog seine Trinkflasche hervor. Rosalie nahm sie dankbar entgegen. Das Stück Brot, welches er ihr reichte, wurde mit besonderer Freude begrüßt. Natürlich auch von Paul, der ein paar Bröckchen abbekam.

Luciano schmunzelte, als ihm Rosalie die Namen ihrer Tiere verriet. In Rosalies Zeit hätte er wohl gewitzelt: Die heißen alle Paul, bis auf Peter, der heißt Udo.

Ein schabendes Geräusch an der Tür, dann hangelten sich zwei Fledermäuse an der Wand entlang.

„Ich wusste doch, dass das nicht Pauli ist!", triumphierte Luciano, als er nun den echten Pauli identifizierte, der viel kleiner war und völlig anders aussah, als die neue Fledermaus.

Das hielt Pauli nicht davon ab, sich in die Nähe von Pauline zu hängen, beobachtet von Paul, dem Kolkraben, der nichts dagegen zu haben schien.

Luciano entfachte ein Feuer im Kamin, damit Rosalie ihre nasse Kleidung trocknen konnte. Er holte auch frisches Wasser für Tee, denn sie war kaum in der Lage aus eigener Kraft zu sitzen, geschweige denn, zum Fluss zu gehen und den vollen Kessel zu tragen.

Als er ihr das fertige Heißgetränk reichte, erzählte er ihr, dass man ihre Peinigerin völlig verwirrt aufgefunden und sich an dem Zustand auch nichts geändert habe. „Sie wird gerade nach Genua gebracht."

Rosalie zog die Augenbrauen zusammen. Sie erinnerte sich wieder an jede Sekunde des bewussten Tages, an die Angst, an die Schmerzen.

„Kann ich dich bis morgen allein lassen?", fragte Luciano, sich erhebend.

„Ich bin nicht allein", erwiderte Rosalie, auf Paul und die Fledermäuse zeigend.

„Ja, das ist wahr. Du hast Wächter, auf die du sehr stolz sein kannst." Er lächelte in die Runde und schloss die Tür hinter sich.

Zurück in der Burg erwartete ihn bereits der Admiral. „Was gibt es für Neuigkeiten von Eurer geheimnisumwitterten Müllerin?"

Luciano hob die Hände. „Viel konnte ich nicht herausfinden. Nur, dass sie jetzt noch einen Raben und eine zweite Fledermaus hat, die sogar noch größer als die Erste ist. Die Tiere haben irgendwie dafür gesorgt, dass sie am Leben blieb, wie mir scheint."

„Mario hat mir von dem Raben berichtet", gab Oberto bekannt. „Solch einem großen, klugen Vogel traue ich sehr wohl zu, dass er Mensch und Getier fern gehalten hat, bis Ihr sie finden konntet. Und wie nun weiter?"

„Ich werde die Mühle weiter aufbauen lassen."

„Ihr wisst aber schon, dass sie sie nicht allein bewirtschaften kann? Und Euch ist auch bekannt, dass Ihr die Frau nicht heiraten könnt. Nicht nur, weil sie verheiratet zu sein scheint."

Luciano ballte die Hände zu Fäusten. Der Admiral hatte recht. „Ich werde die Mühle definitiv aufbauen, wie ich es versprochen habe."

„Und ich werde mich daran beteiligen, wie mein Versprechen lautete. Kommt, trinken wir einfach darauf, dass Eure hübsche Müllerin wieder da ist." Oberto legte ihm den Arm um die Schulter und dirigierte ihn an den Tisch. „Träumen, was wäre, wenn, kann für einen Mann auch sehr inspirierend sein."

Kaum war Luciano davongeritten, schälte sich Rosalie aus ihrer völlig durchnässten Kleidung und zog alles an, was irgendwie vorhanden war und sie warmhalten konnte. Sie goss sich auch noch einen Becher Tee ein. Mit klammen Fingern holte sie den Edelstein und das Nugget aus der Tasche, um beides in ihrer Truhe mit dem schweren Deckel zu deponieren.

Zuletzt nahm sie eine Wurst vom Haken, ein großes Messer und begann, gemächlich zu essen. Natürlich vergaß sie nicht, Paul einen Teil abzugeben. Ohne den klugen Raben, der die Retter zu ihr geführt hatte, da war sie sicher, wäre sie in der Nacht an Unterkühlung und Erschöpfung gestorben.

Interessant erschien ihr aber die Konstellation, wieder im 13. Jahrhundert, statt bei Benno, gelandet zu sein. „Wer weiß, wozu es gut ist", murmelte sie. „Gute Nacht, meine Lieben, süße Träume." Sie kuschelte sich in die Schaffelle.

Das langsam niederbrennende Feuer hielt bis zum Morgen den Raum angenehm warm. Als Rosalie die Augen öffnete, war Paul gerade dabei, seinen neugierigen Schnabel in alle Ecken zu stecken. Er kam sofort heran gehüpft, als er merkte, dass er beobachtet wurde. Rosalie streichelte das glänzende Gefieder, dann öffnete sie den Fensterverschlag. Kühle Luft strömte herein und Paul huschte hinaus, um auf die Suche nach Würmern, oder noch besser, nach Mäusen, zu gehen.

Rosalie begutachtete ihre Kleidung. Die meisten Lehmflecke ließen sich ausschütteln oder ausbürsten. Die, die sich nicht so einfach entfernen ließen, ignorierte sie. Entbehrliche, weil anderweitig ersetzbare, Stücke trug sie zum Fluss und walkte sie im Wasser durch, bis sich der erwünschte Erfolg einstellte, dann hängte sie diese zum Abtropfen über die Tür und später zum Trocknen vor den Kamin.

Paul war natürlich in Spiellaune. Er mopste eine nasse Socke und trug sie spazieren, bis Rosalie ernsthaft böse wurde. So dachte sie sich für den intelligenten Vogel kniffelige Aufgaben aus, die er lösen musste, um an Nüsse und andere Leckerli zu kommen.

Einmal zupfte er aus Übermut Pauli am Flügel, der ihn daraufhin derart anfauchte, dass dem erschrockenen Paul das Stänkern ganz schnell verging. Er verlegte sein Betätigungsfeld nach außen und begann, die anderen Vögel zu necken. Rosalie konnte das nur recht sein.

Für sie brachte er, von seinen Zügen durch die Gemeinde, wie sie es scherzhaft nannte, immer wieder kleine Geschenke mit. Mal ein buntes Kieselsteinchen, mal einen Hufnagel, hin und wieder sogar Münzen, die irgendjemand auf dem Weg verloren hatte. Dafür bekam Paul eine Nuss und war natürlich ab sofort auf alles scharf, was rund war und glänzte, weil er es direkt in Futter umtauschen konnte.

Als Luciano am Abend kam, um Rosalie zu besuchen, wurde er von Paul natürlich in die lustigen Spielchen einbezogen.

„Pass auf, der klaut dir die Edelsteine vom Schwert", sagte Rosalie besorgt und machte, weil sie es nicht auf Italienisch erklären konnte, entsprechende Gesten.

Luciano begann herzhaft zu lachen. Er ließ eine Münze aus seiner Tasche fallen, tat, als habe er es nicht bemerkt, und amüsierte sich darüber, wie geschickt der Rabe agierte. Paul war auf den Boden gehüpft, hatte hier und da gepickt, die Münze geschnappt und in einem Mauerspalt zwischengelagert. Als er der Meinung war, es fiele nicht mehr auf, zog er sie heraus und hielt sie Rosalie hin. Die nahm sie entgegen und Paul bekam die ersehnte Nuss.

„Incredibile (unglaublich)", kicherte Luciano. „Molto bene! (Sehr gut!)" Dann hielt er Paul ein Geldstück direkt vor den Schnabel. Der schaute Luciano tief und forschend in die Augen, ehe er es ihm behutsam aus den Fingern zupfte und sofort zu Rosalie brachte, wofür er wieder eine Nuss kassierte.

„Er bezahlt sein Essen", schmunzelte sie und Luciano lachte herzlich, weil er das Prinzip verstanden hatte.

Am nächsten Tag rückte der Bautrupp an, der das eigentliche Mühlengebäude mauern sollte. Es dauerte nicht lange, da war Paul in seinem Element und trieb Schabernack. Mal versteckte er Nägel, mal Werkzeug, oder er zwickte jemanden aus Spaß ins Hosenbein, um Aufmerksamkeit zu bekommen. Als er keine Lust mehr hatte, saß er auf den Handlaufseilen der Brücke, schaukelte und kam erst wieder herzu, als die Männer ihr Mittagessen auspackten.

Natürlich bekam der putzige Geselle, der Unsinn jeder Art kannte, von allen etwas ab. Und sei es, um später Ruhe vor ihm zu haben. Mit kugelrund vollgefressenem Bauch fand er sich schließlich bei Rosalie ein, um ein Verdauungsschläfchen zu halten. Und das tat er so ausgiebig, dass die Männer bis zum späten Nachmittag störungsfrei weiterarbeiten konnten.

Sobald der Mühlentrakt ein Dach hatte, wanderten die beiden Fledermäuse an der Wand kraxelnd hinüber, wo sie ihre Winterruhe zu verbringen gedachten. Rosalie atmete auf. Da war die Gefahr geringer, eine der beiden könne im Kaminfeuer landen oder im Rauchfang ersticken.

Unter den Arbeitern war auch ein alter Mann, der sich durch Hilfsarbeiten das Nötigste zum Leben verdiente. Die anderen nannten ihn „Spirito di montagna" oder kurz „Spirito". (Berggeist / Geist) Er sprach einen so merkwürdigen Dialekt, dass Rosalie immer mehrmals nachfragen musste, ob sie alles verstanden habe. Gerade eben sackte er sich fast vor Lachen aus, weil sie mit seinen Worten gar nichts anfangen konnte, worauf sie rief: „Den Genueser Dialekt hab ich langsam drauf, aber dein Geplapper verstehe, wer will!"

Das Lachen endete abrupt, der Alte schaute Rosalie verblüfft an, dann meinte er mit Anflug ins Bayerische: „Warum sagst du nicht gleich, dass wir sowas wie Landsleute sind!"

Als die anderen nach Hause zogen, blieb er noch auf einen heißen Tee da, um Rosalie all die Fragen zu beantworten, die sich im Laufe der Zeit angestaut hatten. Luciano passte es perfekt in den Kram, dass der Alte noch nicht gegangen war. Er engagierte ihn kurzerhand für den wahrhaft fürstlichen Lohn einer Silbermünze als Dolmetscher.

Er musste Sepp, wie der Alte wirklich hieß, nicht einmal sagen, dass er zu schweigen habe. Dem standen nach Rosalies ersten Sätzen so die Haare zu Berge, dass er von ganz allein wusste, wie das enden werde, schwätzte er darüber.

„Ich habe manchmal Vorahnungen", murmelte Luciano bedrückt. „Wer weiß, was das nächste Jahr bringen wird?"

„Welches Jahr haben wir eigentlich?", wollte Rosalie wissen.

„1283", lautete die kurze Antwort.

Rosalie zuckte so heftig zusammen, dass beide Männer fragend schauten. Sie schloss die Augen und flüsterte: „Es wird im August eine gewaltige Schlacht bei Meloria geben, die größte, die eure Zeit je gesehen hat. Aber Genua wird unter Oberto Doria siegreich sein."

„Werde ich sie überstehen?", fragte Luciano.

„Das weiß ich nicht. Ich kann nur sagen, was einmal in den Geschichtsbüchern stehen wird."

„Ach ja, ich vergaß ..." Er schaute Rosalie wehmütig an.

Rosalie hatte nicht vergessen, was die Bücher noch verrieten. Sie sprach nur nicht darüber. Weder über die unglaubliche Zahl von Toten während der Schlacht noch über die 11000 pisanischen Gefangenen. Und schon gar nicht darüber, dass nur rund 1000 von ihnen lebend aus der Kerkerhaft freikamen.

Sich das Wohlwollen der Herren des Tales zu erhalten, war das Wichtigste für Rosalie, um selber überleben zu können.

Die Männer brachen gemeinsam auf. Luciano ließ sein Pferd langsam neben Sepp hergehen, der in Isolabona Bleiberecht erhalten hatte.

„Du wirst dich in meinem Auftrag um Rosalie kümmern, bis sie einen kräftigen Müller gefunden hat!", befahl Luciano. „Ihre Wünsche hast du zu erfüllen. Es wird nicht zu deinem Schaden sein." Damit drückte er dem Alten noch eine Silbermünze in die Hand, grüßte und galoppierte davon.

„Warum nennen sie dich Berggeist?", fragte Rosalie am nächsten Tag.

Sepps Augen blitzten schelmisch aus dem weißen Gestrüpp von Bart und buschigen Augenbrauen hervor. „Deswegen", sagte er, auf sein Gesicht zeigend, „und weil ich über die Alpen bis hierher gewandert bin. In langen Winternächten erzähle ich den Leuten manchmal Geschichten über die Berge, aus denen ich stamme."

„Na, das passt doch perfekt! Tun wir uns dafür zusammen und verdienen im Winter Geld, indem wir die anderen nett unterhalten. Wir laden sie hier in die Mühle ein, bieten ihnen heißen Tee, auch wenn sie die Becher selber mitbringen müssen. Mal sehen, was man daraus an Geschäftsbeziehungen aufbauen kann." Rosalie schaute ihn aufmunternd an.

„Mit Geschichten Geld verdienen? Klingt gut! Ich werde bestimmt auch nicht verhunzen, was du sagst. Versprochen!" Er schlug in die hingehaltene Hand ein.

Luciano, der nicht täglich zur Mühle kommen konnte, fand die Idee nicht übel. Er ließ sogar überall verbreiten, dass jeden zweiten Samstagabend in der Mühle geselliges Beisammensein stattfinden werde. Die ersten Gäste fanden sich aus reiner Neugier auf die Müllerin ein, die, wie alle wussten, unter dem besonderen Protektorat des Admirals stand. Zudem erzählte man sich wunderliche Dinge über ihre Tiere, besonders Paul, den Raben.

Paul wurde ein fester Bestandteil der Sagen- und Märchenstunden. Er lernte schnell, auf winzige Zeichen zu reagieren, und die Worte mit schauerlichen Geräuschen zu untermalen. Am Ende wanderte er stets mit einem Säckchen im Schnabel herum und sammelte Münzen, Nüsse und andere kleine Gaben ein. Am liebsten hätten die Bewohner des Tals, den Winter ein paar Wochen länger behalten, um weiteren Geschichten lauschen zu können. Zumindest hatten sie nun etwas, worauf sie sich für das kommende Jahresende freuen konnten.

Kaum steckten die ersten frischen Kräuter ihre Köpfe aus dem Boden, florierte Rosalies Teehandel, weil ihre Mischungen besonders gut schmeckten.

Das große Wasserrad wurde an seinen Platz gehoben, die Mahlsteine justiert und Rosalie inspizierte täglich ihre Olivenbäume, um sofort eingreifen zu können, wenn sich Schädlinge zeigten. Aber denen rückten Paul und die Fledermäuse auf den Pelz, ehe sie etwas anrichten konnten.

Inzwischen besaß die Mühle auch eine Sense, mit der Sepp ganz gemächlich das Gras zwischen den Bäumen schnitt. Er kümmerte sich auch um das Wenden, damit das Heu in die neue Scheune gebracht werden konnte.

Rosalie dachte mit Sorge daran, dass der Tag nicht mehr allzu fern sein werde, wo es den rüstigen Sepp nicht mehr gab.

Was lange währt ...

Zu Beginn des Sommers gab es immer wieder heftige Gewitter, die Rosalie um ihre Ernte bangen ließen. Nur gut, dass sich die Wasserstände in der Nervia in Grenzen hielten! An manchen Tagen kam so viel Regen herunter, dass sie ständig fürchtete, eine Mure könne ihre wundervolle neue Mühle wegreißen, wie es vor langer Zeit schon einmal geschehen war.

An diesem Morgen schien wieder größeres Ungemach in der Luft zu liegen. Paul krächzte nervös, Pauli und Pauline bewegten sich unruhig an den Dachbalken entlang. Dann zog sich der Himmel über dem Tal zu und erste Blitze zuckten. Rosalie wurde flau im Magen. Es schien sich um eines jener Phänomene zu handeln, die sie stets in den Zeiten herumschubsten. Ausgerechnet jetzt, wo das Leben, auch wenn es hart war, endlich wirklich einen Sinn hatte und Spaß machte!

Paul flog auf ihre Schulter, rieb seinen Schnabel an ihrem Ohr, als wolle er sagen: Ich halte zu und bleibe bei dir, was immer auch geschieht. Er fiel aber vor Schreck fast herunter, als es am Hang auf dem anderen Ufer einen Blitzeinschlag gab, dessen Donnerhall die Mühle erzittern ließ. Eine der harzreichen Pinien stand wie eine übergroße Fackel in Flammen, neigte sich bedrohlich und kippte plötzlich auf den Weg. Dem strömenden Regen war es zu verdanken, dass das Feuer keinen weiteren Schaden anrichtete. Am Himmel grollte es fast ohne Unterbrechung, während Blitze das Inferno erhellten. Der Fluss rauschte und gurgelte und immer wieder trieben Sträucher vorbei, die er aus dem Boden geschwemmt hatte.

Rosalie wandte sich wieder ihren Kräutern zu. Sekunden später knallte etwas an die Tür. Dann war auf einmal Stille. Drinnen wie draußen.

Eingedenk der Sache mit Signorina Giulia, bewaffnete sich Rosalie mit einem Dolch, ehe sie öffnete. Ein Gewicht drückte ihr die Tür so heftig entgegen, dass sie zur Seite taumelte. Jemand hatte, den Kopf ans Holz gelehnt, vor der Tür gekniet, und kippte nun hilflos ins Zimmer.

Rosalie sah zuerst nur pitschnasse Felle, die den Liegenden komplett bedeckten. Paul kam heran, den Fremden mit schief gelegtem Kopf äußerst interessiert musternd.

„Krahhh!", machte er plötzlich und der Tonfall klang zufrieden, wie: „Ich weiß, wer du bist!"

Rosalie horchte auf. Sie beeilte sich, den Mann auf den Rücken zu wälzen. Dabei achtete sie weniger auf sein Gesicht, als auf einen hässlichen Schnitt, den er quer am Hals trug. Da war wohl einer nur ganz knapp einem Mord entgangen. So, wie es aussah, wohl auch erst vor wenigen Minuten, denn die Hautwunde blutete stark. Nun glitt ihr Blick höher und ihre Augen wurden tellergroß. „Bernhard?!"

„Krahhh!", bestätigte Paul.

Bernhard schlug die Augen auf, die auch bei ihm groß wie Wagenräder wurden. Die Frau, die sich über ihn beugte, glich Rosalie aufs Haar und auch der Rabe ....

Nein! Das war Rosalie! „Du bist wieder da", quetschte er mühsam hervor.

„Von wegen! Du wirst dich wundern, mein Lieber!", schmunzelte sie. „Wir sind beide da, wo wir nicht hingehören."

„Das ist mir egal, Hauptsache, du bist bei mir." Bernhard dämmerte weg.

„Flicken wir ihn wieder mal zusammen", seufzte Rosalie gespielt theatralisch, ihn mühsam auf ihr Lager zerrend. „Diesmal bin ich ein bisschen besser ausgestattet." Sie zog ein Näpfchen mit Aloe-Vera Gel hervor, trug es hauchdünn auf, deckte alles mit einem zusammengelegten Tuch ab und wickelte einen gewebten Leinenstreifen um Bernhards Hals, der nicht schlechter als eine moderne Binde zu handhaben war. „Kalter Tee ist auch noch da. Herz, was willst du mehr."

„Krahhh, krahhh", stimmte Paul zu.

Das Krächzen des Raben brachte Bernhard wieder zu sich. Rosalie half ihm, sich aufzusetzen. Sie brachte Tee und Brot herbei, welches sie in Scheiben schnitt. Ein Zipfel Wurst komplettierte das Frühstück.

„Wo sind wir hier?", fragte er, sich neugierig umschauend.

„Kannst du dich an das erinnern, was ich über Männer in Kleidern aus Eisen erzählt habe? Über riesige Häuser aus Stein, in denen sie wohnen und über Luciano, der mir geholfen hat, als ich in seine Welt geworfen wurde?"

Bernhard nickte.

„Da sind wir nun beide gelandet. Die Geister haben es so gewollt. Wir werden hier leben und arbeiten, damit wir genug zu essen haben. Denn all das hier gehört Luciano und wir müssen dafür bezahlen, damit wir hierbleiben dürfen. Er bestimmt, was Recht ist."

Bernhard nickte wieder. Rosalie war da, alles andere würde sich fügen.

Schritte auf der Brücke zeigten an, dass zwei oder drei Personen auf dem Weg in die Mühle waren. Da klopfte es auch schon und Luciano und Sepp traten ein.

„Du hast Besuch?" Luciano musterte den Fremden auf Rosalies Bett eingehend.

„Er lag heute morgen verletzt vor meiner Tür. Jemand hat versucht, ihm die Kehle durchzuschnei den", erklärte sie mit Fingerzeig auf den dicken Verband, durch welchen schon wieder ein wenig Blut gesickert war.

„Mörder? In unserem Tal?", fuhr Luciano empört auf. Er schleuderte zornig seinen Umhang auf den Tisch, wodurch der kunstvolle Brustharnisch freigelegt wurde, den Bernhard mit Staunen betrachtete.

„Woher weißt du, dass er nicht auch ein Mordgeselle ist?", fragte der junge Ritter beschwörend.

Rosalie legte ihm beruhigend eine Hand auf den Arm: „Das ist eine sehr lange Geschichte, von der ich nur den ersten Teil kenne."

Luciano setzte sich, winkte Paul heran, um ihn ein wenig zu kraulen und sagte: „Ich habe Zeit."

Rosalie füllte die Becher mit frischem Tee, dann erklärte sie: „Das ist Bernhard, der Bronzeschmied."

„Krahhh, krahhh, krahhh", spektakelte Paul und ließ keinen Zweifel daran, dass Rosalie die Wahrheit sagte.

„Wie???" Luciano und Sepp schauten erst sich, dann den Fremden, dann Rosalie und Paul an.

Rosalie legte zum Beweis Bernhards Waffen auf den Tisch, die Luciano mit Kennerblick untersuchte. Nicht übel, was die Altvorderen handwerklich vorweisen konnten.

„So weit, so gut. Nur wie kommt er plötzlich hierher?"

„Wie ich. Durch eine Laune des Schicksals." Rosalie hob hilflos die Hände.

„Erzähle!", forderte Luciano Bernhard auf und der begann, mit stockender Stimme zu berichten. Er erzählte, wie er den letzten gemeinsamen Tag erlebt hatte. Wie verzweifelt er gewesen war, als er Rosalie und ihre Tiere nicht finden konnte.

„Ich bin dem Suchtrupp zurück in die Siedlung gefolgt, weil alles in meinem Kopf so leer war. Wären der fremdartige farbige Beutel auf meinem Pferd nicht gewesen und die vielen Zeugen, dann hätte ich wohl geglaubt, es habe Rosalie nie gegeben. Die Siedlung war von der Naturkatastrophe verschont geblieben und alle waren sicher, dass Rosalie über sie gewacht hatte. Sie feierten, ihr zur Ehre, ein großes Fest und legten die Reste des Essens für die Raben und Krähen auf die Wiese. Dafür, dass die Naturgeister immer freundlich bleiben sollten."

Er lächelte Paul zu, der sich noch immer von Luciano streicheln ließ.

„Mir hat Rosalie so sehr gefehlt, dass ich jeden Tag zur Grotte geritten bin, und gewartet habe, ob sich das Tor in andere Welten wieder öffnet. Ich wollte sie wenigstens noch ein Mal sehen und Lebewohl sagen. Gestern überraschte mich ein Gewitter, das genau so schlimm tobte, wie jenes, das sie von meiner Seite gerissen hatte. Ich blieb in der Höhle, weil der Heimweg lebensgefährlich gewesen wäre.

Zwei Reiter erschienen, die ebenfalls Zuflucht suchten. Als sie mich und mein Pferd bemerkten, zogen sie sofort ihre Dolche. Eine Weile konnte ich mich recht gut gegen sie zur Wehr setzen, dann wurde es immer finsterer und schließlich fühlte ich, wie mir jemand eine Klinge an den Hals drückte. Da gab es einen gewaltigen Donnerschlag, der Kerl zuckte zurück und das Messer erwischte mich nicht voll.

Ich versuchte, mich aus der Höhle zu schleichen, als er erneut krachte und alles zusammenzubrechen schien. Ein Schlag auf den Hinterkopf streckte mich nieder. Als ich zu mir kam, lag ich im Schlamm und konnte mich kaum rühren. Dann hab ich Licht gesehen und bin darauf zu gekrochen. Rosalie und

Paul haben mich gefunden. An mehr erinnere ich mich nicht."

Sepp, der exzellent übersetzt hatte, wischte sich den Schweiß von der Stirn.

„Dann hat es das Schicksal wirklich so gewollt und ich werde mich ihm nicht entgegenstellen", murmelte Luciano. „Was passiert, wenn man sich versündigt, habe ich an Giulia gesehen." Er schaute Bernhard fest an. „Solltest du ihr jemals wehtun, wirst du den Tag verfluchen, an dem du geboren wurdest." Er erhob sich, lächelte Rosalie traurig an und bat: „Wünsch mir Glück für die Schlacht. Du weißt, an wen du dich wenden kannst, wenn du etwas brauchst. Auf Wiedersehen. Nicht Lebewohl." Er ritt in schnellem Trab davon.

Bernhard schaute Rosalie völlig verdattert an. Sie winkte ab. „Ist schon gut. Ich hätte niemals seine Frau werden können. Das hat er auch von Anfang an gewusst und war mir immer ein guter Freund gewesen."

„Dann wirst du mich ja jetzt auch nicht mehr brauchen", sagte Sepp, ebenfalls aufstehend.

„Hiergeblieben!", rief Rosalie. „Natürlich brauchen wir dich. Du kennst und weißt so viel Dinge. Was willst du denn auch ganz allein in deinem Zimmerchen? Von alten Zeiten träumen? Das kannst du auch laut mit uns machen. Wir sind für jeden guten Rat dankbar.

Und denk an die Winterabende, an denen wir beide wieder wundersame Geschichten erzählen werden."

„Krahhh, krahhh, krahhh", spektakelte Paul, flog auf Sepps Schulter und schnäbelte, wie er es sonst nur mit Rosalie tat.

Sepp setzte sich, wischte sich mit der Hand über die Augen und dankte Rosalie mit zittriger Stimme.

Sie blinzelte. „Bernhard wird doppelt froh sein, wenn er so Einiges mit dir besprechen kann. Vergiss nicht, dass er aus einer Zeit stammt, die viele Menschenalter vor dieser hier liegt. Er kann manche Dinge nicht kennen, über die ich wenigstens in Büchern gelesen habe."

Bernhard rutschte auf die Bettkante, um sich dann ganz vorsichtig zu erheben. „Ich glaube, es geht wieder", flüsterte er zufrieden.

„Dann zeige ich dir am besten gleich, womit wir uns beschäftigen müssen, um Essen auf dem Tisch zu haben." Rosalie führte ihn nach nebenan, wo das wuchtige Mahlwerk stand.

Eine Fledermaus huschte vorbei.

„Pauline?", fragte Bernhard und bekam ein lustiges Kopfschütteln zur Antwort. „Das war Pauli. Pauline hängt da drüben und hält ihren Schönheitsschlaf."

Wasserbecken, Rinnen und Fässer erstaunten Bernhard über alles. Vor allem, weil das Meiste noch neu und völlig unbenutzt war.

„Ich habe dir doch erzählt, dass Luciano die Mühle nur meinetwegen wieder aufgebaut hat", sagte Rosalie. „Sie ist erst im Winter fertig geworden. Nach der Ernte müssen wir beide zeigen, ob wir das Vertrauen unsres Herrn verdienen. Wenn wir gute Qualität liefern und viel Geld bekommen, können wir überlegen, ob du hier eine kleine Schmiede einrichtest. Bist du mit Bronze klargekommen, lernst du es sicher auch, mit Eisen umzugehen. Sepp wird für dich alles in die Sprache übersetzen, welche die Menschen hier sprechen."

„Ich will es versuchen", strahlte Bernhard und Rosalie wusste, dass das ein Versprechen war. Für sie, das hatte sie inzwischen begriffen, würde Bernhard alles tun, und wenn es auf den ersten Blick noch so unmöglich anmutete.

Als sie ihr erstes Öl in große Vorratstöpfe füllten und sogar Aufträge aus der Burg kamen, weil Rosalie ein besonderes Händchen hatte, den vollen Geschmack aus den Früchten zu kitzeln, schöpfte auch Bernhard Hoffnung, eines Tages wieder schmieden zu dürfen.

Und irgendwann stand er wirklich vor einem eigenen Schmiedefeuer. Aus seiner Werkstatt kamen die schönsten Leuchter und Laternen weit und breit. Er hatte ohne Bedauern vom Kriegshandwerk zur schönen Kunst gewechselt. Aber der frönte er auch nur, wenn alle Oliven zu Öl oder eingelegten Köstlichkeiten geworden waren.

Und Benno?

An den dachte Rosalie schon lange nicht mehr. Der hatte irgendwann seine Frau als vermisst gemeldet. Aber auch erst, nachdem im Parkhaus aufgefallen war, dass schon monatelang ein Auto auf demselben Fleck stand und die Polizei Fragen stellte.

Hätte man Rosalie erzählt, dass man sie bei der ersten Gelegenheit für tot erklärte, hätte sie wohl nur müde gelächelt und bestenfalls gesagt: So habe ich mich bei Benno immer gefühlt.

Weitere spannende Bücher:

Die Nebelwald-Saga

Band 1: Der Nebelwald

Band 2: Die Schlacht um Wildforest

Band 3: Unter dem Banner des Gefleckten
   Drachen

Die Aurëus-Saga

Band 1: Der Spiegel des Aurëus

Band 2: Das Geheimnis des Aurëus

Band 3: Die Urenkelin des Aurëus

Band 4: Die Drachen des Aurëus

... Sex & Abenteuer - Reiseromane

Band 1: Asphalt, Sex & Abenteuer

Band 2: Burgen, Sex & Abenteuer

Band 3: Sehnsucht, Sex & Abenteuer

Band 4: Träume, Sex & Abenteuer

Die Magier von Tarronn Band 1 - 5

Und viele mehr unter:
www.reni-dammrich-geschichtenzauber.de